LES
AUTEURS GRECS

EXPLIQUÉS D'APRÈS UNE MÉTHODE NOUVELLE

PAR DEUX TRADUCTIONS FRANÇAISES

L'UNE LITTÉRALE ET JUXTALINÉAIRE PRÉSENTANT LE MOT A MOT FRANÇAIS
EN REGARD DES MOTS GRECS CORRESPONDANTS
L'AUTRE CORRECTE ET PRÉCÉDÉE DU TEXTE GREC

avec des sommaires et des notes

PAR UNE SOCIÉTÉ DE PROFESSEURS

ET D'HELLÉNISTES

HOMÈRE

—

LE Xe CHANT DE L'ILIADE

EXPLIQUÉ LITTÉRALEMENT
TRADUIT EN FRANÇAIS ET ANNOTÉ

PAR M. C. LEPRÉVOST
Professeur au collége royal de Bourbon

PARIS

LIBRAIRIE DE L. HACHETTE ET Cie
BOULEVARD SAINT-GERMAIN, Nº 77

—

LES
AUTEURS GRECS

EXPLIQUÉS D'APRÈS UNE MÉTHODE NOUVELLE

PAR DEUX TRADUCTIONS FRANÇAISES

Cet ouvrage a été expliqué littéralement, traduit en français et annoté, par M. C. Leprévost, professeur au lycée Bonaparte.

Paris. — Imprimerie de Ch. Labure et Cⁱᵉ, rue de Fleurus 9.

LES
AUTEURS GRECS

EXPLIQUÉS D'APRÈS UNE MÉTHODE NOUVELLE

PAR DEUX TRADUCTIONS FRANÇAISES

L'UNE ITTÉRALE ET JUXTALINÉAIRE PRÉSENTANT LE MOT A MOT FRANÇAIS
EN REGARD DES MOTS GRECS CORRESPONDANTS
L'AUTRE CORRECTE ET PRÉCÉDÉE DU TEXTE GREC

avec des sommaires et des notes

PAR UNE SOCIÉTÉ DE PROFESSEURS
ET D'HELLÉNISTES

HOMÈRE
DIXIÈME CHANT DE L'ILIADE

PARIS
LIBRAIRIE DE L. HACHETTE ET Cie
BOULEVARD SAINT-GERMAIN, 77

1863

AVIS

RELATIF A LA TRADUCTION JUXTALINÉAIRE.

On a réuni par des traits les mots français qui traduisent un seul mot grec.

On a imprimé en *italiques* les mots qu'il était nécessaire d'ajouter pour rendre intelligible la traduction littérale, et qui n'avaient pas leur équivalent dans le grec.

Enfin, les mots placés entre parenthèses dans le français doivent être considérés comme une seconde explication, plus intelligible que la version littérale.

ARGUMENT ANALYTIQUE

DU DIXIÈME CHANT DE L'ILIADE.

Agamemnon veille à la sûreté des Grecs endormis. — Ménélas vient le trouver et lui offrir ses services. — Agamemnon donne ses instructions à son frère, et les deux Atrides vont réveiller les principaux chefs de l'armée. — Entretien de Nestor et d'Agamemnon. — Nestor se lève, suit Agamemnon, et va réveiller Ulysse. — Discours de Nestor à Diomède, qu'il réveille à son tour. — Le fils de Tydée se joint aux autres chefs et se rend avec eux vers les gardes, que Nestor exhorte à la vigilance. — Le conseil des chefs est assemblé. Nestor propose d'envoyer un espion au camp des ennemis. — Diomède se présente, et choisit Ulysse pour partager avec lui les dangers de l'entreprise. — Préparatifs et départ des deux héros. — Ils invoquent tous les deux la protection de Minerve, qui vient de leur envoyer un heureux présage, et s'avancent à travers la nuit.

Hector de son côté assemble les chefs des Troyens, et promet un prix magnifique au guerrier qui voudra se charger d'observer l'ennemi. — Dolon se propose et se met en route. — Aperçu par Ulysse et Diomède, il tombe entre leurs mains. — Après leur avoir indiqué la situation respective des différents peuples qui composent l'armée des Troyens, il est, malgré ses prières, immolé par Diomède. — Ulysse consacre à Minerve les dépouilles de Dolon et marque, pour le mieux reconnaître, l'arbre auquel il vient de les suspendre. — Arrivé aux tentes des Thraces, Diomède immole, pendant leur sommeil, douze guerriers et leur roi Rhésus, dont Ulysse emmène les chevaux. — Diomède et Ulysse se retirent d'après le conseil de Minerve. — Réveillés par Apollon, les Troyens accourent au lieu du carnage. — Cependant Ulysse et Diomède arrivent au tamaris où sont suspendues les armes de Dolon, que Diomède remet aux mains d'Ulysse, et les chevaux de Rhésus les emportent vers les vaisseaux. — Nestor entend le premier le bruit de leurs pas. — Les Grecs les accueillent avec joie. — Discours de Nestor. — Réponse d'Ulysse, qui rend compte de l'expédition. — Ulysse et Diomède, après le bain, réparent leurs forces à table, et font des libations à Minerve.

ΟΜΗΡΟΥ

ΙΛΙΑΔΟΣ

ΡΑΨΩΔΙΑ Κ.

———

ΔΟΛΩΝΕΙΑ.

Ἄλλοι μὲν παρὰ νηυσὶν[1] ἀριστῆες Παναχαιῶν
εὗδον παννύχιοι, μαλακῷ δεδμημένοι ὕπνῳ·
ἀλλ’ οὐκ Ἀτρείδην Ἀγαμέμνονα, ποιμένα λαῶν,
ὕπνος ἔχε γλυκερὸς, πολλὰ φρεσὶν ὁρμαίνοντα.
Ὡς δ’ ὅτ’ ἂν ἀστράπτῃ πόσις Ἥρης ἠϋκόμοιο,   5
τεύχων ἢ πολὺν ὄμβρον ἀθέσφατον, ἠὲ χάλαζαν,
ἢ νίφετον, ὅτε πέρ τε χιὼν ἐπάλυνεν ἀρούρας,
ἠὲ ποθι πτολέμοιο μέγα στόμα πευκεδανοῖο·
ὡς πυκίν’ ἐν στήθεσσιν ἀνεστενάχιζ’ Ἀγαμέμνων
νειόθεν ἐκ κραδίης· τρομέοντο δέ οἱ φρένες ἐντός.   10

Tous les chefs des Grecs, couchés près de leurs vaisseaux, passaient la nuit dans les douceurs du sommeil; mais le fils d’Atrée, Agamemnon, pasteur des peuples, oublie le sommeil et ses charmes, pour se livrer à ses pensées. Pareils aux éclairs que fait luire l’époux de Junon à la belle chevelure, quand il amasse les nombreux torrents de la pluie, ou la grêle, ou la neige dont il couvre les campagnes, ou qu’il suscite le monstre dévorant de la guerre cruelle, les soupirs se pressent dans la poitrine d’Agamemnon, qui gémit du fond du cœur : ses entrailles en sont intérieurement émues. Lorsqu’il porte

L'ILIADE

D'HOMÈRE.

CHANT X.

LA DOLONIE.

Ἄλλοι μὲν ἀριστῆες	Les autres chefs
Παναχαιῶν	de tous-les-Achéens
εὗδον παννύχιοι	dormaient toute-la-nuit
παρὰ νηυσί,	auprès de *leurs* vaisseaux,
δεδμημένοι ὕπνῳ μαλακῷ·	étant domptés par le sommeil doux ;
ἀλλὰ ὕπνος γλυκερὸς	mais le sommeil aimable
οὐκ ἔχεν	ne tenait pas
Ἀγαμέμνονα Ἀτρείδην,	Agamemnon fils-d'Atrée,
ποιμένα λαῶν,	pasteur des peuples,
ὁρμαίνοντα πολλὰ	agitant beaucoup de *pensées*
φρεσίν.	dans *son* esprit.
Ὡς δὲ ὅτε πόσις	Or comme lorsque l'époux
Ἥρης ἠϋκόμοιο	de Junon à-la-belle-chevelure
ἂν ἀστράπτῃ,	vient-à-faire-briller-l'éclair,
τεύχων ἢ ὄμβρον	préparant ou la pluie
πολὺν ἀθέσφατον,	nombreuse infinie,
ἠὲ χάλαζαν, ἢ νίφετον,	ou la grêle, ou la neige,
ὅτε πέρ τε χιὼν	quand du moins la neige
ἐπάλυνεν ἀρούρας,	a couvert-d'une-couche les champs,
ἠέ ποθι	ou quelque part
στόμα μέγα	la gueule grande
πτολέμοιο πευκεδανοῖο·	de la guerre amère ;
ὡς Ἀγαμέμνων	de même Agamemnon
ἀνεστενάχιζε πυκινὰ	gémissait fréquemment
ἐν στήθεσσι	dans *sa* poitrine
νειόθεν ἐκ κραδίης·	du fond du cœur ;
φρένες δέ οἱ	et les entrailles à lui
τρομέοντο ἐντός.	tremblaient intérieurement.

Ἤτοι ὅτ' ἐς πεδίον τὸ Τρωϊκὸν ἀθρήσειε,
θαύμαζεν πυρὰ πολλὰ, τὰ καίετο Ἰλιόθι πρὸ,
αὐλῶν συρίγγων τ' ἐνοπὴν ὅμαδόν τ' ἀνθρώπων.
Αὐτὰρ ὅτ' ἐς νῆάς τε ἴδοι καὶ λαὸν Ἀχαιῶν,
πολλὰς ἐκ κεφαλῆς προθελύμνους ἕλκετο χαίτας   15
ὑψόθ' ἐόντι Διΐ· μέγα δ' ἔστενε κυδάλιμον κῆρ.
Ἥδε δέ οἱ κατὰ θυμὸν ἀρίστη φαίνετο βουλή[1],
Νέστορ' ἔπι πρῶτον Νηλήϊον ἐλθέμεν ἀνδρῶν,
εἴ τινά οἱ σὺν μῆτιν ἀμύμονα τεκτήναιτο,
ἥτις ἀλεξίκακος πᾶσιν Δαναοῖσι γένοιτο.   20
Ὀρθωθεὶς δ' ἔνδυνε περὶ στήθεσσι χιτῶνα,
ποσσὶ δ' ὑπὸ λιπαροῖσιν ἐδήσατο καλὰ πέδιλα·
ἀμφὶ δ' ἔπειτα δαφοινὸν ἑέσσατο δέρμα λέοντος,
αἴθωνος, μεγάλοιο, ποδηνεκές[2]· εἵλετο δ' ἔγχος.

    Ὣς δ' αὔτως Μενέλαον ἔχε τρόμος· οὐδὲ γὰρ αὐτῷ   25
ὕπνος ἐπὶ βλεφάροισιν ἐφίζανε, μήτι πάθοιεν

ses regards vers la campagne troyenne, il admire étonné la multi-
tude des feux qui brûlent devant Ilion, le son des flûtes et des chalumeaux, le bruit confus des guerriers; et quand il ramène sa vue
sur les vaisseaux et sur l'armée des Grecs, il s'arrache les cheveux
avec violence en invoquant Jupiter souverain, et son grand cœur
gémit profondément. Le parti qui lui semble le meilleur est de se
rendre tout d'abord auprès de Nestor, fils de Nélée, pour aviser avec
lui aux moyens d'assurer le salut de tous les Grecs. Il se lève, revêt
sa poitrine d'une tunique, attache à ses pieds polis ses magnifiques
brodequins, et se couvre d'une grande et belle peau de lion au poil
fauve, qui lui descend jusqu'aux pieds; puis il saisit sa lance.

    La même inquiétude obsédait Ménélas, et le sommeil ne se posait
pas sur ses paupières. Il craignait qu'il n'arrivât malheur aux Grecs,

'Ἤτοι ὅτε ἀθρήσειεν   En effet quand il jetait-les-yeux
ἐς πεδίον τὸ Τρωϊκὸν,   sur la plaine celle Troyenne,
θαύμαζε πυρὰ πολλὰ,   il admirait les feux nombreux,
τὰ καίετο πρὸ Ἰλιόθι,   qui brûlaient devant Ilion,
ἐνοπὴν αὐλῶν συρίγγων τε   le son des flûtes et des chalumeaux
ὅμαδόν τε ἀνθρώπων.   et le tumulte des hommes.
Αὐτὰρ ὅτε ἴδοι   Ensuite lorsqu'il regardait
ἐς νῆάς τε   vers et les vaisseaux
καὶ λαὸν Ἀχαιῶν,   et le peuple des Achéens,
ἕλκετο ἐκ κεφαλῆς   il s'arrachait de la tête
χαίτας πολλὰς   des cheveux nombreux
προθελύμνους   tirés-avec-la-racine
Διὶ ἐόντι ὑψόθι·   *s'adressant* à Jupiter étant en-haut :
κῆρ δὲ κυδάλιμον   et *son* cœur généreux
ἔστενε μέγα.   soupirait grandement.
Ἥδε δὲ βουλὴ   Mais ce dessein
φαίνετό οἱ κατὰ θυμὸν   paraissait à lui dans *son* cœur
ἀρίστη,   *être* le meilleur,
ἐλθέμεν ἐπὶ Νέστορα Νηλήιον   d'aller vers Nestor fils-de-Nélée
πρῶτον ἀνδρῶν,   le premier des hommes,
εἰ τεκτήναιτο σύν οἱ   s'il construirait avec lui
τινὰ μῆτιν ἀμύμονα,   quelque projet irréprochable,
ἥτις γένοιτο   qui pût-devenir
ἀλεξίκακος   éloignant-les-maux
πᾶσι Δαναοῖσιν.   pour tous les Danaëns.
Ὀρθωθεὶς δὲ   Alors s'étant levé-debout
ἔνδυνε χιτῶνα   il revêtit *sa* tunique
περὶ στήθεσσιν,   autour de *sa* poitrine,
ἐδήσατο δὲ πέδιλα καλὰ   et attacha *ses* sandales belles
ὑπὸ ποσσὶ λιπαροῖσιν·   sous *ses* pieds brillants ;
ἔπειτα δὲ ἀμφιέσσατο   et ensuite il revêtit
δέρμα δαφοινὸν   une peau fauve
ποδηνεκὲς   qui-descend-jusqu'aux-pieds
λέοντος αἴθωνος, μεγάλοιο·   d'un lion brillant, grand ;
εἵλετο δὲ ἔγχος.   et il prit *sa* lance.
Ὣς δὲ αὔτως   Or tout-de-même
τρόμος ἔχε Μενέλαον·   la frayeur tenait Ménélas ;
οὐδὲ γὰρ ὕπνος   car le sommeil non-plus
ἐφίζανεν αὐτῷ   *ne* reposait *pas* à lui
ἐπὶ βλεφάροισι,   sur les paupières,

Ἀργεῖοι, τοὶ δὴ ἕθεν εἵνεκα πουλὺν ἐφ' ὑγρὴν
ἤλυθον ἐς Τροίην, πόλεμον θρασὺν ὁρμαίνοντες.
Παρδαλέῃ μὲν πρῶτα μετάφρενον εὐρὺ κάλυψε
ποικίλῃ, αὐτὰρ ἐπὶ στεφάνην κεφαλῆφιν ἀείρας   30
θήκατο χαλκείην· δόρυ δ' εἵλετο χειρὶ παχείῃ.
Βῆ δ' ἴμεν ἀνστήσων ὃν ἀδελφεὸν, ὃς μέγα πάντων.
Ἀργείων ἤνασσε, θεὸς δ' ὣς τίετο δήμῳ.
Τὸν δ' εὗρ' ἀμφ' ὤμοισι τιθήμενον ἔντεα καλὰ
νηῒ πάρα πρύμνῃ· τῷ δ' ἀσπάσιος γένετ' ἐλθών.   35
Τὸν πρότερος προσέειπε βοὴν ἀγαθὸς Μενέλαος·

« Τίφθ' οὕτως, ἠθεῖε, κορύσσεαι; ἦ τιν' ἑταίρων
ὀτρύνεις Τρώεσσιν ἐπίσκοπον; Ἀλλὰ μάλ' αἰνῶς
δείδω μὴ οὔτις τοι ὑπόσχηται τόδε ἔργον,
ἄνδρας δυσμενέας σκοπιαζέμεν οἷος ἐπελθὼν   40
νύκτα δι' ἀμβροσίην· μάλα τις θρασυκάρδιος ἔσται. »

qui avaient entrepris, pour défendre sa cause, de traverser la vaste étendue des flots et de porter à Troie les fureurs de la guerre. Il couvre d'abord ses larges épaules de la peau mouchetée d'un léopard, soulève son casque d'airain qu'il met sur sa tête, et arme sa forte main de sa lance. Puis il va pour réveiller son frère, le souverain chef de tous les Grecs, qu'on respecte à l'égal d'un dieu dans l'armée. Il le trouve qui revêt ses épaules de sa brillante armure, à la poupe de son vaisseau, et qui l'accueille avec joie. Alors le brave Ménélas prend le premier la parole, et dit :

« Pourquoi, mon frère, t'armer ainsi? Est-ce pour engager quelqu'un de nos compagnons à se rendre en observateur au camp des Troyens? Je crains bien que personne ne te promette un pareil service et ne s'engage à se rendre seul au camp des ennemis, pour les observer à la faveur de la nuit noire. Celui qui l'oserait, serait bien hardi! »

μήτι Ἀργεῖοι πάθοιεν,	de peur que les Argiens ne souffris-
τοὶ δὴ ἤλυθον	eux qui certes étaient venus [sent,
εἵνεκα ἕθεν	à cause de lui-même
ἐπὶ ὑγρὴν πουλὺν	sur la mer immense
ἐς Τροίην,	vers Troie,
ὀρμαίνοντες πόλεμον θρασύν.	méditant la guerre hardie.
Πρῶτα μὲν κάλυψε	D'abord à la vérité il couvrit
μετάφρενον εὐρὺ	son dos large
παρδαλέῃ ποικίλῃ,	d'une peau de-panthère variée,
αὐτὰρ ἀείρας	puis ayant soulevé
στεφάνην χαλκείην	son casque d'airain,
θήκατο ἐπὶ κεφαλῆφιν·	il le plaça sur sa tête;
εἵλετο δὲ δόρυ χειρὶ παχείῃ.	et il prit sa lance de sa main épaisse.
Βῆ δὲ ἴμεν	Il marcha donc pour aller
ἀνστήσων ὃν ἀδελφεὸν,	devant faire-lever son frère,
ὃς ἤνασσε μέγα	qui commandait grandement
πάντων Ἀργείων,	à tous les Argiens,
τίετο δὲ δήμῳ	et était honoré par le peuple
ὡς θεός.	comme un dieu.
Εὗρε δὲ τὸν	Mais il trouva lui
τιθήμενον ἀμφὶ ὤμοισιν	plaçant autour des épaules
ἔντεα καλὰ	ses armes belles
παρὰ νηὶ πρύμνῃ·	près de son vaisseau à-la-poupe;
ἐλθὼν δὲ	et étant venu
γένετο ἀσπάσιος τῷ.	il devint agréable à lui.
Μενέλαος ἀγαθὸς βοὴν	Ménélas bon quant à la guerre
προσέειπε τὸν πρότερος·	dit-à lui le premier :
« Τίπτε, ἠθεῖε,	« Pourquoi, mon frère,
κορύσσεαι οὕτως;	revêts-tu-ton-casque ainsi ?
Ἦ ὀτρύνεις	Est-ce-que tu suscites
τινὰ ἑταίρων	quelqu'un de nos compagnons
ἐπίσκοπον Τρώεσσιν;	espion aux Troyens?
Ἀλλὰ δείδω μάλα αἰνῶς	Mais je crains fort terriblement
μὴ οὔτις ὑπόσχηταί τοι	que personne ne promette à toi
τόδε ἔργον,	cet ouvrage-là,
σκοπιαζέμεν ἐπελθὼν οἶος	d'épier étant allé seul
ἄνδρας δυσμενέας	les hommes ennemis
διὰ νύκτα ἀμβροσίην·	pendant la nuit d'ambroisie;
ἔσται τις	celui-là sera quelqu'un
μάλα θρασυκάρδιος. »	très hardi-de-cœur. »

Τὸν δ' ἀπαμειβόμενος προσέφη κρείων Ἀγαμέμνων·

« Χρεὼ βουλῆς ἐμὲ καὶ σὲ, Διοτρεφὲς ὦ Μενέλαε,

κερδαλέης, ἥτις κεν ἐρύσσεται ἠδὲ σαώσῃ

Ἀργείους καὶ νῆας· ἐπεὶ Διὸς ἐτράπετο φρήν[1].   45

Ἑκτορέοις ἄρα μᾶλλον ἐπὶ φρένα θῆχ' ἱεροῖσιν.

Οὐ γάρ πω ἰδόμην, οὐδ' ἔκλυον αὐδήσαντος

ἄνδρ' ἕνα τοσσάδε μέρμερ' ἐπ' ἤματι μητίσασθαι

ὅσσ' Ἕκτωρ ἔῤῥεξε, Διῒ φίλος, υἷας Ἀχαιῶν,

αὕτως, οὔτε θεᾶς υἱὸς φίλος, οὔτε θεοῖο.   50

Ἔργα δ' ἔρεξ' ὅσα φημὶ μελησέμεν Ἀργείοισι

δηθά τε καὶ δολιχόν· τόσα γὰρ κακὰ μήσατ' Ἀχαιούς.

Ἀλλ' ἴθι νῦν, Αἴαντα καὶ Ἰδομενῆα κάλεσσον,

ῥίμφα θέων ἐπὶ νῆας· ἐγὼ δ' ἐπὶ Νέστορα δῖον

εἶμι, καὶ ὀτρυνέω ἀνστήμεναι, αἴ κ' ἐθέλῃσιν   55

ἐλθεῖν ἐς φυλάκων ἱερὸν τέλος, ἠδ' ἐπιτεῖλαι.

Κείνῳ γάρ κε μάλιστα πιθοίατο· τοῖο γὰρ υἱὸς

Le puissant Agamemnon lui répond alors : « Nous avons besoin tous les deux, divin Ménélas, de prendre une sage résolution pour défendre et sauver les Grecs et leurs vaisseaux; car la volonté de Jupiter a changé. C'est aux sacrifices d'Hector qu'il se montre à présent le plus sensible. Je n'ai jamais vu, je n'ai jamais entendu dire qu'un homme seul ait accompli autant d'exploits en un seul jour que vient d'en accomplir, à lui seul, contre les fils des Grecs, Hector aimé de Jupiter, lui qui n'est fils ni d'un dieu ni d'une déesse. Ces exploits laisseront de longs et cruels souvenirs dans la mémoire des Grecs, tant est grand le mal qu'il leur a fait! Mais va maintenant, appelle Ajax et Idoménée; cours vite aux vaisseaux. Moi, je me rends auprès du divin Nestor, et je vais l'inviter à se lever, s'il veut se joindre à la troupe sacrée des gardes et nous assister de ses conseils. On l'écoutera plus que tout autre : c'est son fils qui commande les gardes

Ἀγαμέμνων δὲ κρείων   Or Agamemnon puissant
ἀπαμειβόμενος προσέφη τόν·   répondant dit-à lui :
« Χρεὼ ἐμὲ καὶ σὲ,   « Le besoin *vient* à moi et à toi,
ὦ Μενέλαε Διοτρεφὲς,   ô Ménélas nourrisson-de-Jupiter,
βουλῆς κερδαλέης,   d'un conseil profitable,
ἥτις κεν ἐρύσσεται   lequel puisse-défendre
ἠδὲ σαώσῃ   et puisse-sauver
Ἀργείους καὶ νῆας·   les Argiens et *leurs* vaisseaux ;
ἐπεὶ φρὴν Διὸς ἐτράπετο.   puisque l'esprit de Jupiter a changé.
Ἐπιθῆκεν ἄρα μᾶλλον φρένα   Or il a mis davantage *son* attention
ἱεροῖσιν Ἑκτορέοις.   aux sacrifices d'Hector.
Οὐ γάρ πω ἰδόμην,   Car pas encore je n'ai vu,
οὐδὲ ἔκλυον αὐδήσαντος   et je n'ai entendu *quelqu'un* disant
ἄνδρα ἕνα   un homme seul
μητίσασθαι ἐπὶ ἤματι   avoir accompli en un jour
τοσσάδε μέρμερα,   autant-de-choses terribles,
ὅσσα Ἕκτωρ,   que Hector,
φίλος Διΐ,   cher à Jupiter,
ἔρρεξεν υἷας Ἀχαιῶν,   *en* a fait *contre* les fils des Achéens,
αὔτως,   ainsi (tel qu'il est),
υἱὸς φίλος   *n'étant* fils aimé
οὔτε θεᾶς, οὔτε θεοῖο.   ni d'une déesse, ni d'un dieu.
Ἔρεξε δὲ ἔργα   Or il fit des actions
ὅσα φημὶ   lesquelles je dis
μελησέμεν Ἀργείοισι   devoir être-à-souci aux Argiens
δηθά τε καὶ δολιχόν·   et longtemps et pour long-*temps ;*
τόσα γὰρ κακὰ   tant de maux en effet
μήσατο Ἀχαιούς.   il a fait aux Achéens.
Ἀλλὰ ἴθι νῦν,   Mais va maintenant,
κάλεσσον Αἴαντα καὶ Ἰδομενῆα,   appelle Ajax et Idoménée,
θέων ῥίμφα ἐπὶ νῆας·   courant vite vers les vaisseaux ;
ἐγὼ δὲ εἶμι   et moi je vais
ἐπὶ Νέστορα δῖον,   vers Nestor divin,
καὶ ὀτρυνέω ἀναστήμεναι,   et je *l'*engagerai à se lever,
αἴ κεν ἐθέλῃσιν ἐλθεῖν   si par hasard il veut venir
ἐς τέλος ἱερὸν φυλάκων,   dans la cohorte sacrée des gardiens,
ἠδὲ ἐπιτεῖλαι.   et *leur* donner-des-ordres.
Πιθοίατό κε γὰρ μάλιστα   Car ils obéiraient surtout
κείνῳ·   à celui-là (à-Nestor) ;
υἱὸς γὰρ τοῖο   car le fils de lui

5.

σημαίνει φυλάκεσσι, καὶ Ἰδομενῆος ὀπάων,
Μηριόνης· τοῖσιν γὰρ ἐπετράπομέν γε μάλιστα. »

Τὸν δ' ἠμείβετ' ἔπειτα βοὴν ἀγαθὸς Μενέλαος·   60
« Πῶς γάρ μοι μύθῳ ἐπιτέλλεαι ἠδὲ κελεύεις;
Αὖθι μένω μετὰ τοῖσι, δεδεγμένος εἰσόκεν ἔλθῃς,
ἠὲ θέω μετὰ σ' αὖτις, ἐπὴν εὖ τοῖς ἐπιτείλω; »

Τὸν δ' αὖτε προσέειπεν ἄναξ ἀνδρῶν Ἀγαμέμνων·
« Αὖθι μένειν, μήπως ἀβροτάξομεν ἀλλήλοιϊν   65
ἐρχομένω· πολλαὶ γὰρ ἀνὰ στρατόν εἰσι κέλευθοι.
Φθέγγεο δ', ᾗ κεν ἴησθα, καὶ ἐγρήγορθαι ἄνωχθι,
πατρόθεν ἐκ γενεῆς ὀνομάζων ἄνδρα ἕκαστον,
πάντας κυδαίνων¹· μηδὲ μεγαλίζεο θυμῷ.
Ἀλλὰ καὶ αὐτοί περ πονεώμεθα· ὧδέ που ἄμμι   70
Ζεὺς ἐπὶ γεινομένοισιν ἵει κακότητα βαρεῖαν. »

Ὣς εἰπὼν, ἀπέπεμπεν ἀδελφεὸν, εὖ ἐπιτείλας·
αὐτὰρ ὁ βῆ ῥ' ἰέναι μετὰ Νέστορα, ποιμένα λαῶν.

avec Mérion, l'écuyer d'Idoménée; nous leur avons particulièrement
confié ce poste. »

Alors le brave Ménélas lui répond : « Quels sont les ordres, les
instructions que tu me donnes? Resterai-je avec eux en attendant que
tu reviennes, ou bien dois-je retourner près de toi quand je leur
aurai fait connaître ta volonté? »

Agamemnon, roi des hommes, lui répond ainsi : « Il faut rester
avec eux, afin que nous ne nous écartions pas l'un de l'autre; car le
camp est traversé par de nombreuses routes. Mais partout où tu pas-
seras, commande à haute voix que tout le monde veille, appelant
chacun par le nom de son père et de ses ancêtres, et lui rappelant ses
titres d'honneur. Ne sois pas superbe, et montrons-nous vigilants
nous-mêmes, puisque Jupiter nous a, dès notre naissance, soumis
au joug du malheur! »

A ces mots, il congédie son frère, après lui avoir donné ses
instructions, et il se rend lui-même auprès de Nestor, pasteur des
peuples. Il le trouve dans sa tente, près de son vaisseau noir, étendu

σημαίνει φυλάκεσσι,	commande aux gardes,
καὶ Μηριόνης,	ainsi-que Mérion,
ὀπάων Ἰδομενῆος·	compagnon d'Idoménée ;
ἐπετράπομεν γὰρ	car nous avons confié *ce poste*
τοῖσί γε μάλιστα. »	à eux du moins surtout. »
Ἔπειτα δὲ Μενέλαος	Alors ensuite Ménélas
ἀγαθὸς βοὴν	brave *quant* à la guerre
ἠμείβετο τόν·	répondit à lui :
« Πῶς γὰρ ἐπιτέλλεαι	« Comment donc recommandes-tu
ἠδὲ κελεύεις μοι μύθῳ;	et ordonnes-tu à moi par la parole?
Μένω αὖθι μετὰ τοῖσι,	Resterai-je là parmi eux,
δεδεγμένος εἰσόκεν ἔλθῃς,	attendant jusqu'à ce que tu viennes,
ἠὲ θέω αὖτις μετὰ σὲ,	ou courrai-je de nouveau vers toi,
ἐπὴν ἐπιτείλω εὖ τοῖς; »	lorsque j'aurai ordonné bien à eux? »
Ἀγαμέμνων δὲ	Alors Agamemnon
ἄναξ ἀνδρῶν	roi des hommes
προσέειπε τὸν αὖτε·	dit-à lui en retour :
« Μένειν αὖθι,	« *Il faut* rester là,
μήπως ἐρχομένω	de-peur-que-par-hasard allant
ἀβροτάξομεν ἀλλήλοιϊν·	nous ne nous perdions l'un l'autre ;
πολλαὶ γὰρ κέλευθοί	car beaucoup de chemins
εἰσιν ἀνὰ στρατόν.	sont à travers l'armée.
Φθέγγεο δὲ, ᾗ κεν ἴῃσθα,	Mais crie, où tu passeras,
καὶ ἄνωχθι ἐγρήγορθαι,	et ordonne *aux Grecs* de veiller,
ὀνομάζων ἕκαστον ἄνδρα	appelant chaque homme
πατρόθεν	par le-nom-de-son-père
ἐκ γενεῆς,	d'après *sa* race,
κυδαίνων πάντας·	glorifiant tous ;
μηδὲ μεγαλίζεο θυμῷ.	et ne t'enorgueillis pas dans *ton* cœur.
Ἀλλὰ πονεώμεθά περ	Mais travaillons pourtant
καὶ αὐτοί·	aussi *nous*-mêmes ;
Ζεὺς ἵει που ὧδε	Jupiter a envoyé sans doute ainsi
ἐπὶ ἄμμιν γεινομένοισι	sur nous naissants
κακότητα βαρεῖαν. »	un malheur pesant. »
Εἰπὼν ὣς,	Ayant dit ainsi,
ἀπέπεμπεν ἀδελφεὸν,	il renvoya *son* frère,
ἐπιτείλας εὖ·	*lui* ayant donné-*ses*-ordres bien ;
αὐτὰρ ὁ βῆ ῥα	mais lui marcha donc
ἰέναι μετὰ Νέστορα,	*pour* aller vers Nestor,
ποιμένα λαῶν.	pasteur des peuples.

Τὸν δ' εὗρεν παρά τε κλισίη καὶ νηῒ μελαίνη,
εὐνῇ ἔνι μαλακῇ· παρὰ δ' ἔντεα ποικίλ' ἔκειτο,   75
ἀσπὶς καὶ δύο δοῦρε, φαεινή τε τρυφάλεια·
πὰρ δὲ ζωστὴρ κεῖτο παναίολος, ᾧ ῥ' ὁ γεραιὸς
ζώννυθ', ὅτ' ἐς πόλεμον φθισήνορα θωρήσσοιτο,
λαὸν ἄγων· ἐπεὶ οὐ μὲν ἐπέτρεπε γήραϊ λυγρῷ.
Ὀρθωθεὶς δ' ἄρ' ἐπ' ἀγκῶνος, κεφαλὴν ἐπαείρας,   80
Ἀτρείδην προσέειπε, καὶ ἐξερεείνετο μύθῳ·

     « Τίς δ' οὗτος κατὰ νῆας ἀνὰ στρατὸν ἔρχεαι οἶος
νύκτα δι' ὀρφναίην, ὅτε θ' εὕδουσι βροτοὶ ἄλλοι;
[ἠέ τιν' οὐρήων διζήμενος, ἤ τιν' ἑταίρων;]
Φθέγγεο, μηδ' ἀκέων ἐπ' ἔμ' ἔρχεο· τίπτε δέ σε χρειώ; »   85
     Τὸν δ' ἠμείβετ' ἔπειτα ἄναξ ἀνδρῶν Ἀγαμέμνων·

« Ὦ Νέστορ Νηληϊάδη, μέγα κῦδος Ἀχαιῶν,
γνώσεαι Ἀτρείδην Ἀγαμέμνονα[1], τὸν περὶ πάντων
Ζεὺς ἐνέηκε πόνοισι διαμπερές, εἰσόκ' ἀϋτμὴ

mollement sur sa couche, et près de lui ses armes brillantes, un
bouclier, deux lances et un casque étincelant. Là se trouve aussi un
baudrier aux mille couleurs, dont le vieillard a coutume de se ceindre,
quand il s'arme pour les combats meurtriers à la tête de ses guerriers;
car il ne ploie pas encore sous le poids de la triste vieillesse. Se
dressant sur son coude, et levant la tête, il parle au fils d'Atrée, et
lui tient ce discours :

     « Qui es-tu donc, toi qui vas ainsi seul à travers l'armée, au mi-
lieu des vaisseaux, par la nuit obscure, quand tous les autres mortels reposent? Est-ce quelqu'un des gardes que tu viens chercher, ou
quelqu'un de tes compagnons? Parle, et n'approche pas sans me ré-
pondre; que veux-tu? »

     Agamemnon, roi des hommes, lui répond alors : « O Nestor, fils
de Nélée, toi qui fais la gloire des Grecs, reconnais le fils d'Atrée,
Agamemnon, le plus infortuné des hommes, que Jupiter veut acca-

Εὗρε δὲ τόν	Or il trouva lui
παρὰ κλισίῃ τε	près et de *sa* tente
καὶ νηὶ μελαίνῃ,	et de *son* vaisseau noir,
ἐνὶ εὐνῇ μαλακῇ·	dans une couche molle;
παρὰ δὲ ἔκειτο	et auprès *de lui* gisaient
ἔντεα ποικίλα,	des armes variées,
ἀσπὶς καὶ δύο δοῦρε,	un bouclier et deux lances,
τρυφάλειά τε φαεινή·	et un casque brillant ;
πὰρ δὲ κεῖτο	auprès gisait aussi
ζωστὴρ παναίολος,	un baudrier diversement-orné,
ᾧ ῥα ὁ γεραιὸς ζώννυτο,	duquel certes le vieillard se ceignait,
ὅτε, ἄγων λαὸν,	lorsque, conduisant *son* peuple,
θωρήσσοιτο	il se cuirassait
ἐς πόλεμον φθισήνορα·	pour la guerre meurtrière ;
ἐπεὶ μὲν οὐκ ἐπέτρεπε	parce que à la vérité il ne cédait pas
γήραϊ λυγρῷ.	à la vieillesse triste.
Ἄρα δὲ ὀρθωθεὶς ἐπὶ ἀγκῶνος,	Or donc s'étant dressé sur *son* coude,
ἐπαείρας κεφαλήν,	ayant levé la tête,
προσέειπεν Ἀτρείδην,	il dit-au fils-d'Atrée,
καὶ ἐξερεείνετο μύθῳ·	et *l*'interrogea par la parole :
« Τίς δὲ οὗτος	« Qui donc *étant* celui-ci
ἔρχεαι οἶος ἀνὰ στρατὸν	viens-tu seul à travers l'armée
κατὰ νῆας	au milieu des vaisseaux
διὰ νύκτα ὀρφναίην,	par une nuit ténébreuse,
ὅτε ἄλλοι βροτοὶ εὕδουσιν ;	lorsque les autres mortels dorment ?
[ἠὲ διζήμενός τινα οὐρήων,	[ou cherchant quelqu'un des gardes,
ἤ τινα ἑταίρων ;]	ou quelqu'un de *tes* compagnons ?
Φθέγγεο,	Parle,
μηδὲ ἔρχεο ἀκέων ἐπὶ ἐμέ·	et ne viens pas silencieux vers moi :
τίπτε δὲ χρεώ σε ; »	en quoi le besoin *vient-il* à toi ? »
Ἔπειτα δὲ Ἀγαμέμνων	Alors ensuite Agamemnon
ἄναξ ἀνδρῶν	roi des hommes
ἠμείβετο τόν·	répondit à lui :
« Ὦ Νέστορ Νηληϊάδη,	« O Nestor fils-de-Nélée,
κῦδος μέγα Ἀχαιῶν,	gloire grande des Achéens,
γνώσεαι Ἀγαμέμνονα	tu reconnaîtras Agamemnon
Ἀτρείδην,	fils-d'Atrée,
τὸν Ζεὺς ἐνέηκε πόνοισι	que Jupiter a mis-dans des embarras
περὶ πάντων διαμπερὲς,	au-dessus de tous continuellement,
εἰσόκεν ἀϋτμή	tant que le souffle

ἐν στήθεσσι μένῃ, καί μοι φίλα γούνατ' ὀρώρῃ.   90
Πλάζομαι ὧδ', ἐπεὶ οὔ μοι ἐπ' ὄμμασι νήδυμος ὕπνος
ἱζάνει, ἀλλὰ μέλει πόλεμος καὶ κήδε' Ἀχαιῶν.
Αἰνῶς γὰρ Δαναῶν περιδείδια, οὐδέ μοι ἦτορ
ἔμπεδον, ἀλλ' ἀλαλύκτημαι· κραδίη δέ μοι ἔξω
στηθέων ἐκθρώσκει, τρομέει δ' ὑπὸ φαίδιμα γυῖα.   95
Ἀλλ' εἴ τι δραίνεις, ἐπεὶ οὐδὲ σέγ' ὕπνος ἱκάνει,
δεῦρ' ἐς τοὺς φύλακας καταβείομεν, ὄφρα ἴδωμεν
μὴ τοὶ μὲν καμάτῳ ἀδδηκότες ἠδὲ καὶ ὕπνῳ[1]
κοιμήσωνται, ἀτὰρ φυλακῆς ἐπὶ πάγχυ λάθωνται.
Δυσμενέες δ' ἄνδρες σχεδὸν εἴαται· οὐδέ τι ἴδμεν   100
μήπως καὶ διὰ νύκτα μενοινήσωσι μάχεσθαι. »
     Τὸν δ' ἠμείβετ' ἔπειτα Γερήνιος ἱππότα Νέστωρ·
« Ἀτρείδη κύδιστε, ἄναξ ἀνδρῶν Ἀγάμεμνον,
οὔ θην Ἕκτορι πάντα νοήματα μητίετα Ζεὺς
ἐκτελέει ὅσα πού νυν ἐέλπεται· ἀλλά μιν οἴω   105

bler de maux, tant que le souffle de la vie animera ma poitrine, et
que mes genoux pourront me porter. J'erre ainsi, parce que le doux
sommeil ne vient pas toucher mes yeux, et que la guerre et les
malheurs des Grecs occupent ma pensée. Car je suis terriblement in-
quiet sur le sort des Grecs, et, loin d'avoir l'esprit tranquille, je
suis vivement agité : mon cœur semble vouloir s'échapper de ma poitrine, et je sens mes membres défaillir. Mais toi-même, si tu veux
agir, puisque le sommeil ne vient pas non plus te visiter, viens avec
moi, et rendons-nous ensemble auprès des gardes, pour voir si, vaincus par la fatigue et le sommeil, ils ne dorment pas dans un complet
oubli de leurs devoirs. Les ennemis ne sont pas loin, et nous ne savons pas s'ils ne sont pas capables de nous attaquer même pendant la
nuit. »
     Nestor de Gérénie, habile à manier les chevaux, lui répondit :
« Glorieux fils d'Atrée, Agamemnon, prince des hommes, le sage
Jupiter ne réalisera certes pas toutes les espérances dont Hector
peut se flatter aujourd'hui, et je pense qu'il aura bien plus à souffrir

μένῃ ἐν στήθεσσι. — restera dans *ma* poitrine,

καὶ φίλα γούνατα ὀρώρῃ μοι. — et *que* mes genoux remueront à moi.

Πλάζομαι ὧδε, — J'erre ainsi,

ἐπεὶ ὕπνος νήδυμος — puisque le sommeil doux

οὐχ ἱζάνει μοι ἐπὶ ὄμμασιν, — ne se pose pas à moi sur les yeux,

ἀλλὰ πόλεμος μέλει — mais la guerre *m*'est-à-souci

καὶ κήδεα Ἀχαιῶν. — ainsi-que les maux des Achéens.

Περιδείδια γὰρ αἰνῶς — Car je crains terriblement

Δαναῶν, — pour les Danaëns,

οὐδὲ ἦτορ ἔμπεδόν μοι, — et le cœur n'*est* pas ferme à moi,

ἀλλὰ ἀλαλύκτημαι· — mais je suis-inquiet ;

κραδίη δὲ ἐκθρώσκει μοι — et le cœur bondit à moi

ἔξω στηθέων, — hors de *ma* poitrine,

γυῖα δὲ φαίδιμα — et *mes* membres brillants

τρομέει ὑπό. — tremblent en-dessous.

Ἀλλὰ εἰ δραίνεις τι, — Mais si tu médites quelque-chose,

ἐπεὶ ὕπνος — puisque le sommeil

οὐδὲ ἱκάνει σέγε, — ne vient pas à toi,

καταβείομεν δεῦρο — descendons ici

ἐς τοὺς φύλακας, — vers les gardes,

ὄφρα ἴδωμεν — afin que nous voyions

μὴ τοὶ μὲν ἀδδηκότες — de peur que ceux-ci vaincus

καμάτῳ ἠδὲ καὶ ὕπνῳ — par le travail et même par le sommeil

κοιμήσωνται, — ne se couchent,

ἀτὰρ ἐπιλάθωνται — et-cependant oublient

φυλακῆς πάγχυ. — la garde tout-à-fait.

Ἄνδρες δὲ δυσμενέες — Or les hommes ennemis

εἵαται σχεδόν· — sont établis près *de nous ;*

οὐδὲ ἴδμεν τι — et nous ne savons en-rien

μήπως μενοινήσωσι — s'ils n'auront-pas-l'intention

μάχεσθαι καὶ διὰ νύκτα. » — de combattre même pendant la nuit. »

Νέστωρ δὲ Γερήνιος ἱππότα — Et Nestor de-Gérénie cavalier

ἡμείβετο ἔπειτα τόν· — répondit ensuite à lui :

« Ἀτρείδη κύδιστε, — « Fils-d'Atrée très-glorieux,

Ἀγάμεμνον ἄναξ ἀνδρῶν, — Agamemnon roi des hommes,

Ζεὺς μητίετα — Jupiter prudent

οὐκ ἐκτελέει θὴν Ἕκτορι — n'accomplira pas certes à Hector

πάντα νοήματα ὅσα — toutes les pensées lesquelles

πού νυν ἐέλπεται· — peut-être donc il espère ;

ἀλλὰ οἴω μιν μοχθήσειν — mais je pense lui devoir souffrir

κήδεσι μοχθήσειν καὶ πλείοσιν, εἴ κεν Ἀχιλλεὺς
ἐκ χόλου ἀργαλέοιο μεταστρέψῃ φίλον ἦτορ.
Σοὶ δὲ μάλ' ἕψομ' ἐγώ· ποτὶ δ' αὖ καὶ ἐγείρομεν ἄλλους,
ἠμὲν Τυδείδην δουρικλυτὸν ἠδ' Ὀδυσῆα
ἠδ' Αἴαντα ταχὺν καὶ Φυλέος ἄλκιμον υἱόν.   110
Ἀλλ' εἴ τις καὶ τούσδε μετοιχόμενος καλέσειεν,
ἀντίθεόν τ' Αἴαντα καὶ Ἰδομενῆα ἄνακτα·
τῶν γὰρ νῆες ἔασιν ἑκαστάτω, οὐδὲ μάλ' ἐγγύς.
Ἀλλὰ, φίλον περ ἐόντα καὶ αἰδοῖον, Μενέλαον
νεικέσω (εἴπερ μοι νεμεσήσεαι) οὐδ' ἐπικεύσω,   11,
ὡς εὕδει, σοὶ δ' οἴῳ ἐπέτρεψεν πονέεσθαι.
Νῦν ὄφελεν κατὰ πάντας ἀριστῆας πονέεσθαι
λισσόμενος· χρειὼ γὰρ ἱκάνεται οὐκέτ' ἀνεκτός. »
     Τὸν δ' αὖτε προσέειπεν ἄναξ ἀνδρῶν Ἀγαμέμνων·
« Ὦ γέρον, ἄλλοτε μέν σε καὶ αἰτιάασθαι ἄνωγα·   120
πολλάκι γὰρ μεθιεῖ τε, καὶ οὐκ ἐθέλει πονέεσθαι,

lui-même, si Achille vient à chasser de son cœur son cruel ressenti-
ment. Mais je vais te suivre. Éveillons aussi les autres, et le fils de
Tydée, célèbre par la lance, et Ulysse, et le rapide Ajax, et le vail
lant fils de Phylée. On devrait aussi aller appeler le divin Ajax, fil
de Télamon, et le prince Idoménée; leurs vaisseaux sont très-éloi
gnés, et la distance est considérable. Mais je veux, malgré l'affectio
et l'estime que j'ai pour lui, adresser des reproches à Ménélas, et
dusses-tu m'en vouloir, je ne le tairai point : il dort tranquillemen
et te laisse à toi seul toute la peine, tandis qu'il devrait maintenan
se rendre auprès de tous les chefs pour implorer leur assistance
car il est impossible de nous soustraire à la nécessité qui nou
presse. »
     Agamemnon, prince des hommes, lui répondit : « O vieillard, et
toute autre circonstance, je t'engagerais moi-même à le reprendre
car il néglige et refuse souvent de travailler, non qu'il soit lâche ou

κήδεσι καὶ πλείοσιν,	de désastres encore plus nombreux,
εἰ Ἀχιλλεύς	si Achille
κε μεταστρέψῃ φίλον ἦτορ	vient-à-détourner son cœur
ἐκ χόλου ἀργαλέοιο.	de la colère funeste.
Ἐγὼ δὲ ἕψομαι μάλα σοι·	Mais moi je suivrai certes toi ;
ποτὶ δὲ αὖ	et en outre encore
ἐγείρομεν καὶ ἄλλους,	réveillons aussi les autres,
ἠμὲν Τυδείδην	et le fils-de-Tydée
δουρικλυτὸν	illustre-par-la-lance
ἠδὲ Ὀδυσῆα ἠδὲ Αἴαντα ταχὺν	et Ulysse et Ajax rapide
καὶ υἱὸν ἄλκιμον Φυλέος.	et le fils vaillant de Phyléus.
Ἀλλὰ εἴ τις μετοιχόμενος	Mais si quelqu'un allant-vers *eux*
καλέσειε καὶ τούσδε,	appelait aussi ceux-ci,
Αἴαντά τε ἀντίθεον	et Ajax égal-à-un-dieu
καὶ Ἰδομενῆα ἄνακτα·	et Idoménée prince ;
νῆες γὰρ τῶν	car les vaisseaux d'eux
ἔασιν ἑκαστάτω,	sont très-loin,
οὐδὲ μάλα ἐγγύς.	et non pas tout près.
Ἀλλὰ νεικέσω Μενέλαον,	Mais je querellerai Ménélas,
ἐόντα περ φίλον καὶ αἰδοῖον,	quoique étant ami et respectable,
(εἴπερ	(quand-bien-même
νεμεσήσεαί μοι)	tu t'irriterais contre moi)
οὐδὲ ἐπικεύσω,	et je ne *lui* cacherai pas,
ὡς εὕδει,	que il dort,
ἐπέτρεψε δέ σοι οἴῳ	et *que* il a laissé à toi seul
πονέεσθαι.	de se donner-de-la-peine.
Νῦν ὄφελε	Maintenant il devrait
πονέεσθαι	se donner-du-mal
κατὰ πάντας ἀριστῆας,	auprès de tous les chefs
λισσόμενος·	*les* suppliant ;
χρειὼ γὰρ ἱκάνεται	car une nécessité vient
οὐκέτι ἀνεκτός. »	*laquelle* n'*est* plus supportable. »
Ἀγαμέμνων δὲ	Mais Agamemnon
ἄναξ ἀνδρῶν	prince des hommes
προσέειπε τὸν αὖτε·	dit-à lui en retour :
« Ὦ γέρον,	« O vieillard,
ἄνωγα μέν σε	j'engageai à la vérité toi
αἰτιάασθαι καὶ ἄλλοτε·	à l'accuser même ailleurs ;
πολλάκι γὰρ μεθιεῖ τε,	car souvent et il se relâche,
καὶ οὐκ ἐθέλει πονέεσθαι,	et il ne veut pas se donner-du-mal,

οὔτ' ὄκνῳ εἴκων, οὔτ' ἀφραδίῃσι νόοιο,
ἀλλ' ἐμέ τ' εἰσορόων, καὶ ἐμὴν ποτιδέγμενος ὁρμήν.
Νῦν δ' ἐμέο πρότερος μάλ' ἐπέγρετο, καί μοι ἐπέστη·
τὸν μὲν ἐγὼ προέηκα καλήμεναι οὓς σὺ μεταλλᾷς.   125
Ἀλλ' ἴομεν· κείνους δὲ κιχησόμεθα πρὸ πυλάων
ἐν φυλάκεσσ'· ἵνα γάρ σφιν ἐπέφραδον ἠγερέεσθαι. »
    Τὸν δ' ἠμείβετ' ἔπειτα Γερήνιος ἱππότα Νέστωρ·
« Οὕτως οὔτις οἱ νεμεσήσεται οὐδ' ἀπιθήσει
Ἀργείων, ὅτε κέν τιν' ἐποτρύνῃ καὶ ἀνώγῃ. »   130
    Ὡς εἰπὼν, ἔνδυνε περὶ στήθεσσι χιτῶνα·
ποσσὶ δ' ὑπὸ λιπαροῖσιν ἐδήσατο καλὰ πέδιλα·
ἀμφὶ δ' ἄρα χλαῖναν περονήσατο φοινικόεσσαν,
διπλῆν, ἐκταδίην[1], οὔλη δ' ἐπενήνοθε λάχνη·
εἵλετο δ' ἄλκιμον ἔγχος, ἀκαχμένον ὀξέϊ χαλκῷ·   135
βῆ δ' ἰέναι κατὰ νῆας Ἀχαιῶν χαλκοχιτώνων.
Πρῶτον ἔπειτ' Ὀδυσῆα, Διὶ μῆτιν ἀτάλαντον,
ἐξ ὕπνου ἀνέγειρε Γερήνιος ἱππότα Νέστωρ,

incapable; seulement il a toujours les yeux sur moi, et attend mon
impulsion. Mais aujourd'hui il s'est levé bien avant moi et m'est
venu trouver. Je l'ai envoyé vers ceux que tu désires qu'on appelle.
Allons! nous les trouverons devant les portes parmi les gardes : c'est
là que je lui ai recommandé de les rassembler. »

Nestor de Gérénie, habile à manier les chevaux, lui répondit :
« S'il en est ainsi, personne ne réclamera contre lui, personne n'hé-
sitera plus à lui obéir, quand il exhortera les Grecs et leur donnera
des ordres. »

En disant ces mots, il couvre sa poitrine de sa tunique, attache à
ses pieds polis ses magnifiques brodequins, agrafe autour de ses
épaules un ample et double manteau de pourpre, garni d'une laine
épaisse, et prend sa forte lance armée d'un fer aigu; puis il se dirige
vers les vaisseaux des Grecs à la tunique d'airain. D'abord c'est
Ulysse, égal en sagesse à Jupiter, qu'arrache au sommeil Nestor de

εἴκων οὔτε ὄκνῳ,
cédant ni à la paresse,

οὔτε ἀφραδίῃσι νόοιο,
ni à l'incapacité de l'esprit,

ἀλλὰ εἰσορόων τε ἐμὲ,
mais et regardant-vers moi,

καὶ ποτιδέγμενος ἐμὴν ὁρμήν.
et attendant mon impulsion.

Νῦν δὲ ἐπέγρετο
Mais maintenant il s'est réveillé

μάλα πρότερος ἐμέο,
de beaucoup le premier-avant moi,

καὶ ἐπέστη μοι·
et il s'est présenté à moi ;

ἐγὼ μὲν προέηκα τὸν
moi j'ai envoyé-en-avant lui

καλήμεναι οὓς σὺ μεταλλᾷς.
appeler ceux-que toi tu demandes.

Ἀλλὰ ἴομεν·
Mais allons ;

κιχησόμεθα δὲ κείνους
et nous atteindrons ceux-ci

πρὸ πυλάων
devant les portes

ἐν φυλάκεσσιν·
parmi les gardes ;

ἐπέφραδον γάρ σφιν
car j'ai recommandé à eux

ἠγερέεσθαι ἵνα. »
de se rassembler là. »

Ἔπειτα δὲ Νέστωρ Γερήνιος
Or ensuite Nestor de-Gérénie

ἱππότα
cavalier

ἠμείβετο τόν·
répondit à lui :

« Οὔτις Ἀργείων
« Personne des Argiens

νεμεσήσεταί οἱ
ne s'irritera contre lui

οὐδὲ ἀπιθήσει οὕτως,
ni ne *lui* désobéira ainsi,

ὅτε κεν ἐποτρύνῃ
lorsque il excitera

καὶ ἀνώγῃ τινά. »
et commandera quelqu'un. »

Εἰπὼν ὣς,
Ayant dit ainsi,

ἔνδυνε χιτῶνα
il revêtait *sa* tunique

περὶ στήθεσσιν·
autour de *sa* poitrine ;

ἐδήσατο δὲ πέδιλα καλὰ
et il attacha *ses* brodequins beaux

ὑπὸ ποσσὶ λιπαροῖσι·
sous *ses* pieds polis ;

περονήσατο δὲ ἄρα ἀμφὶ
et il agrafa donc autour *de lui*

χλαῖναν φοινικόεσσαν,
un manteau de-pourpre,

διπλῆν, ἐκταδίην,
double, ample,

λάχνη δὲ οὔλη ἐπενήνοθεν·
et un duvet frisé était-dessus ;

εἵλετο δὲ ἔγχος ἄλκιμον,
or il se saisit d'un javelot fort,

ἀκαχμένον χαλκῷ ὀξέϊ·
aiguisé d'un airain pointu ;

βῆ δὲ ἰέναι κατὰ νῆας
et il alla *pour* aller vers les vaisseaux

Ἀχαιῶν χαλκοχιτώνων.
des Achéens à-la-tunique-d'airain.

Νέστωρ Γερήνιος ἱππότα
Nestor de-Gérénie cavalier

ἀνέγειρεν ἐξ ὕπνου
réveilla de *son* sommeil

πρῶτον ἔπειτα Ὀδυσῆα,
le premier ensuite Ulysse,   [gesse ;

ἀτάλαντον Διῒ μῆτιν·
comparable à Jupiter *pour* la sa-

φθεγξάμενος· τὸν δ᾽ αἶψα περὶ φρένας ἤλυθ᾽ ἰωή·
ἐκ δ᾽ ἦλθε κλισίης, καί σφεας πρὸς μῦθον ἔειπε·   140

« Τίφθ᾽ οὕτω κατὰ νῆας ἀνὰ στρατὸν οἶοι ἀλᾶσθε
νύκτα δι᾽ ἀμβροσίην; Ὅ τι δὴ χρειὼ τόσον ἵκει; ›

Τὸν δ᾽ ἠμείβετ᾽ ἔπειτα Γερήνιος ἱππότα Νέστωρ·
« Διογενὲς Λαερτιάδη, πολυμήχαν᾽ Ὀδυσσεῦ,
μὴ νεμέσα· τοῖον γὰρ ἄχος βεβίηκεν Ἀχαιούς.   14
Ἀλλ᾽ ἔπευ, ὄφρα καὶ ἄλλον ἐγείρομεν, ὅντ᾽ ἐπέοικε
βουλὰς βουλεύειν, ἢ φευγέμεν, ἠὲ μάχεσθαι. »

Ὣς φάθ᾽· ὁ δὲ κλισίηνδε κιὼν πολύμητις Ὀδυσσεύς,
ποικίλον ἀμφ᾽ ὤμοισι σάκος θέτο, βῆ δὲ μετ᾽ αὐτούς.
Βὰν δ᾽ ἐπὶ Τυδείδην Διομήδεα· τὸν δ᾽ ἐκίχανον   15
ἐκτὸς ἀπὸ κλισίης σὺν τεύχεσιν· ἀμφὶ δ᾽ ἑταῖροι
εὗδον· ὑπὸ κρασὶν δ᾽ ἔχον ἀσπίδας· ἔγχεα δέ σφιν

Gérénie, habile à manier les coursiers, en l'appelant par son nom
La voix de Nestor parvient jusqu'à lui, et Ulysse, sortant de sa tente
parle ainsi :

« Pourquoi errez-vous ainsi seuls, le long des vaisseaux, à traver
l'armée, dans l'ombre de la nuit divine? Quel intérêt si grand vou
presse? »

Nestor de Gérénie, habile à manier les coursiers, lui répondit
« Divin fils de Laërte, ingénieux Ulysse, ne t'indigne pas : de grand
malheurs menacent les Grecs. Mais viens avec nous en réveiller u
autre qui puisse agiter avec nous la question de savoir s'il convien
de fuir ou de combattre. »

Il dit, et l'ingénieux Ulysse, retournant vers sa tente, met se
épaules à couvert sous un bouclier étincelant et marche après eux
Ils se rendent ensemble auprès de Diomède, fils de Tydée. Ils l
trouvent hors de sa tente avec ses armes. Ses compagnons reposen

φθεγξάμενος	ayant parlé-haut
ἰωὴ δὲ αἶψα	et *sa* voix aussitôt
ἤλυθε τὸν περὶ φρένας·	parvint à lui au cœur ;
ἐξῆλθε δὲ κλισίης,	et il sortit de *sa* tente ,
καὶ ἔειπε μῦθον πρός σφεας·	et il dit *cette* parole à eux :
« Τίπτε ἀλᾶσθε	« Pourquoi errez-vous
οἷοι οὕτως ἀνὰ στρατὸν	seuls ainsi par l'armée
κατὰ νῆας	vers les vaisseaux
διὰ νύκτα ἀμβροσίην;	à travers la nuit divine ?
Ὅ τι δὴ χρειω	En quoi donc la nécessité
ἵκει τόσον; ϸ	vient-elle tant ? »
Ἔπειτα δὲ	Mais ensuite
Νέστωρ Γερήνιος ἱππότα	Nestor de-Gérénie cavalier
ἠμείβετο τόν·	répondit-à lui :
« Λαερτιάδη Διογενὲς,	« Fils-de-Laërte issu-de-Jupiter,
Ὀδυσσεῦ πολυμήχανε,	Ulysse aux-nombreux-expédients,
μὴ νεμέσα·	ne t'irrite pas ;
τοῖον γὰρ ἄχος	car une si-grande douleur
βεβίηκεν Ἀχαιούς.	est venue *fondre sur* les Achéens !
Ἀλλὰ ἕπευ,	Mais suis-*nous*,
ὄφρα ἐγείρομεν	afin que nous *en* éveillions
καὶ ἄλλον,	aussi un autre,
ὅντε ἐπέοικε	celui-que il convient
βουλεύειν βουλὰς,	délibérer sur les questions,
ἢ φευγέμεν,	*s'il faut* ou fuir,
ἠὲ μάχεσθαι. »	ou combattre. »
Φάτο ὥς·	Il dit ainsi ;
ὁ δὲ Ὀδυσσεὺς πολύμητις	et Ulysse fécond-en-ruses
κιὼν κλισίηνδε,	allant à *sa* tente,
θέτο σάκος ποικίλον	se mit un bouclier varié
ἀμφὶ ὤμοισι,	autour des épaules,
βῆ δὲ μετὰ αὐτούς.	et marcha vers eux.
Βὰν δὲ ἐπὶ Διομήδεα	Or ils marchèrent vers Diomède
Τυδείδην·	fils-de-Tydée ;
ἐκίχανον δὲ τὸν	et ils trouvèrent lui
ἐκτὸς ἀπὸ κλισίης	hors de *sa* tente
σὺν τεύχεσιν·	avec *ses* armes ;
ἑταῖροι δὲ εὗδον ἀμφί·	et *ses* compagnons dormaient autour:
ἔχον δὲ ἀσπίδας	or ils avaient *leurs* boucliers
ὑπὸ κρασίν·	sous *leurs* têtes ;

ὄρθ᾽ ἐπὶ σαυρωτῆρος ἐλήλατο· τῆλε δὲ χαλκὸς
λάμφ᾽, ὥστε στεροπὴ πατρὸς Διός. Αὐτὰρ ὅγ᾽ ἥρως
εὗδ᾽, ὑπὸ δ᾽ ἔστρωτο ῥινὸν βοὸς ἀγραύλοιο·   155
αὐτὰρ ὑπὸ κράτεσφι τάπης τετάνυστο φαεινός.
Τὸν παρστὰς ἀνέγειρε Γερήνιος ἱππότα Νέστωρ,
λὰξ ποδὶ κινήσας, ὤτρυνέ τε, νείκεσέ τ᾽ ἄντην·
« Ἔγρεο, Τυδέος υἱέ· τί πάννυχον ὕπνον ἀωτεῖς;
Οὐκ ἀίεις ὡς Τρῶες ἐπὶ θρωσμῷ πεδίοιο   160
εἴαται ἄγχι νεῶν, ὀλίγος δ᾽ ἔτι χῶρος ἐρύκει; »
Ὥς φάθ᾽· ὁ δ᾽ ἐξ ὕπνοιο μάλα κραιπνῶς ἀνόρουσε,
καί μιν φωνήσας ἔπεα πτερόεντα προσηύδα·
« Σχέτλιός ἐσσι, γεραιέ· σὺ μὲν πόνου οὔποτε λήγεις.
Οὔ νυ καὶ ἄλλοι ἔασι νεώτεροι υἷες Ἀχαιῶν,   165
οἵ κεν ἔπειτα ἕκαστον ἐγείρειαν βασιλήων,
πάντη ἐποιχόμενοι; Σὺ δ᾽ ἀμήγανός ἐσσι, γεραιέ. »

autour de lui, la tête appuyée sur leurs boucliers. Leurs lances sont
droites, fichées en terre par le manche, et le fer brille au loin
comme l'éclair du puissant Jupiter. Le héros repose lui-même couché
sur une peau de taureau sauvage; sous sa tête est étendu un tapis
magnifique. Nestor de Gérénie, habile à manier les coursiers, s'approche de lui, et, le secouant du pied, il le réveille et lui adresse
hautement ces reproches :

« Lève-toi, fils de Tydée. Comment peux-tu dormir ainsi toute la
nuit? Ne sais-tu pas que les Troyens, maîtres des hauteurs, sont
campés non loin de nos vaisseaux, et qu'une faible distance nous en
sépare ? »

Il dit. Le héros se lève aussitôt de sa couche, et, prenant la parole,
prononce ces mots à l'aile rapide :

« Tu es infatigable, ô vieillard; tu ne renonces jamais à la peine.
N'y en a-t-il pas de plus jeunes parmi les fils des Grecs qui pourraient bien se transporter auprès de chacun des rois pour les réveiller ? Mais tu es indomptable, vieillard! »

ἔγχεα δὲ ἐλήλατό σφιν	et les lances avaient été fichées à eux
ὀρθὰ ἐπὶ σαυρωτῆρος·	droites sur le manche ;
χαλκὸς δὲ λάμπε τῆλε,	et l'airain brillait au loin ,
ὥστε στεροπὴ Διὸς πατρός.	comme l'éclair de Jupiter père.
Αὐτὰρ ὅγε ἥρως εὗδε,	Mais ce héros dormait ,
ῥινὸν δὲ βοὸς ἀγραύλοιο	et une peau de bœuf sauvage
ἔστρωτο ὑπό·	avait été étendue sous *lui* ;
αὐτὰρ τάπης φαεινὸς	puis un tapis brillant
τετάνυστο ὑπὸ κράτεσφι.	avait été déployé sous *sa* tête.
Νέστωρ Γερήνιος ἱππότα	Nestor de-Gérénie cavalier
παραστὰς	s'étant approché
ἀνέγειρε τὸν,	réveilla lui ,
κινήσας ποδὶ λὰξ ,	*l'*ayant remué du pied avec-le-talon ,
ὤτρυνέ τε ,	et il *l'*excita ,
νείκεσέ τε ἄντην·	et *le* querella en-face :
« Ἔγρεο, υἱὲ Τυδέος·	« Réveille-toi , fils de Tydée :
τί ἀωτεῖς ὕπνον	pourquoi respires-tu un sommeil
πάννυχον ;	*qui dure* toute-la-nuit ?
Οὐκ ἀίεις	N'entends-tu pas
ὡς Τρῶες εἴαται	comme les Troyens sont établis
ἐπὶ θρωσμῷ πεδίοιο	sur la hauteur de la plaine
ἄγχι νεῶν,	près des vaisseaux ,
χῶρος δὲ ὀλίγος	et *comme* un espace-de-terrain petit
ἐρύκει ἔτι ; »	*les* arrête encore *à distance* ? »
Φάτο ὥς·	Il dit ainsi :
ὁ δὲ ἀνόρουσεν ἐξ ὕπνοιο	et celui-ci s'élança de *son* sommeil
μάλα κραιπνῶς ,	très promptement ,
καὶ φωνήσας ἔπεα πτερόεντα	et ayant prononcé des paroles ailées
προσηύδα μιν·	il dit-à lui :
« Ἐσσὶ σχέτλιος, γεραιέ·	« Tu es dur , vieillard :
σὺ μὲν οὔποτε λήγεις	toi certes jamais tu ne cesses
πόνου.	*de te donner* de la peine.
Ἄλλοι υἷες Ἀχαιῶν	D'autres fils des Achéens
οὔ νυ ἔασι	ne sont-ils donc pas
καὶ νεώτεροι ,	et de plus jeunes ,
οἵ κεν ἐγείρειαν ἔπειτα	qui puissent-éveiller ensuite
ἕκαστον βασιλήων ,	chacun des rois ,
ἐποιχόμενοι πάντῃ ;	se transportant partout ?
Σὺ δὲ, γεραιὲ ,	Mais toi , vieillard ,
ἐσσὶ ἀμήχανος. »	tu es intraitable. »

Τὸν δ' αὖτε προσέειπε Γερήνιος ἱππότα Νέστωρ·

« Ναὶ δὴ ταῦτά γε πάντα, φίλος, κατὰ μοῖραν ἔειπες.

Εἰσὶν μέν μοι παῖδες ἀμύμονες, εἰσὶ δὲ λαοὶ   170

καὶ πολέες, τῶν κέν τις ἐποιχόμενος καλέσειεν.

Ἀλλὰ μάλα μεγάλη χρειὼ βεβίηκεν Ἀχαιούς·

νῦν γὰρ δὴ πάντεσσιν ἐπὶ ξυροῦ ἵσταται ἀκμῆς,

ἢ μάλα λυγρὸς ὄλεθρος Ἀχαιοῖς, ἠὲ βιῶναι.

Ἀλλ' ἴθι νῦν, Αἴαντα ταχὺν καὶ Φυλέος υἱὸν   175

ἄνστησον (σὺ γὰρ ἐσσι νεώτερος), εἴ μ' ἐλεαίρεις. »

'Ὣς φάθ'· ὁ δ' ἀμφ' ὤμοισιν ἐέσσατο δέρμα λέοντος,

αἴθωνος, μεγάλοιο, ποδηνεκές· εἵλετο δ' ἔγχος·

βῆ δ' ἰέναι· τοὺς δ' ἔνθεν ἀναστήσας ἄγεν ἥρως.

Οἱ δ' ὅτε δὴ φυλάκεσσιν ἐν ἀγρομένοισιν ἔμιχθεν,   180

οὐδὲ μὲν εὕδοντας φυλάκων ἡγήτορας εὗρον·

ἀλλ' ἐγρηγορτὶ σὺν τεύχεσιν εἵατο πάντες [1].

Nestor de Gérénie, habile à manier les coursiers, lui répondit :
« Certes, tout ce que tu viens de dire, ami, est conforme à la raison. J'ai des fils intrépides et de nombreux soldats qui pourraient
bien aller appeler les chefs de l'armée. Mais les Grecs se trouvent
dans une situation critique; car aujourd'hui la fortune de tous les
Grecs, suspendue comme sur le tranchant d'un rasoir, va décider de
leur perte ou de leur salut. Cependant va réveiller l'agile Ajax et le
fils de Phylée.... Tu es jeune : épargne mon grand âge! »

Il dit. Diomède jette autour de ses épaules la peau d'un grand lion
fauve, qui lui descend jusqu'aux pieds; puis, saisissant sa lance,
il s'éloigne et rejoint bientôt Nestor avec les guerriers qu'il a tirés du
sommeil.

Arrivés au milieu des gardes, ils ne trouvent pas un de leurs chefs
endormi; tout le monde veille sous les armes. Comme lorsque les

Νέστωρ δὲ Γερήνιος ἱππότα
προσέειπε τὸν αὖτε·
« Ναὶ δὴ ἔειπες, φίλος,
πάντα γε ταῦτα
κατὰ μοῖραν.
Παῖδες μὲν ἀμύμονες
εἰσί μοι,
λαοὶ δέ εἰσι
καὶ πολέες,
τῶν τις ἐποιχόμενός
κε καλέσειεν.
Ἀλλὰ χρειὼ μάλα μεγάλη
βεβήκεν Ἀχαιούς·
νῦν γὰρ δὴ
ἵσταται πάντεσσιν Ἀχαιοῖς
ἐπὶ ἀκμῆς ξυροῦ,
ἢ ὄλεθρος μάλα λυγρὸς,
ἠὲ βιῶναι.
Ἀλλὰ ἴθι νῦν,
ἄνστησον Αἴαντα ταχὺν
καὶ υἱὸν Φυλέος·
(σὺ γάρ ἐσσι νεώτερος),
εἰ ἐλεαίρεις με. »
    Φάτο ὥς·
ὁ δὲ ἐέσσατο
ἀμφὶ ὤμοισι
δέρμα ποδηνεκὲς
λέοντος αἴθωνος, μεγάλοιο·
εἵλετο δὲ ἔγχος·
βῆ δὲ ἰέναι·
ἥρως δὲ ἀναστήσας τοὺς
ἄγεν ἔνθεν.
    Οἱ δὲ ὅτε δὴ
ἔμιχθεν ἐν φυλάκεσσιν
ἀγρομένοισιν,
εὗρον μὲν
ἡγήτορας φυλάκων
οὐδὲ εὔδοντας·
ἀλλὰ πάντες σὺν τεύχεσιν
εἴατο ἐγρηγορτί.
    ILIADE, X.

Or Nestor de-Gérénie cavalier
dit-à lui en retour :
« Oui certes tu as dit, ami,
toutes ces-choses du moins
selon la convenance.
Des enfants à la vérité irréprochables
sont à moi,
et des peuples sont *à moi*
même nombreux,
desquels quelqu'un se transportant
appellerait *les guerriers*.
Mais une nécessité très grande
est venue *fondre sur* les Achéens;
car maintenant certes
il est placé pour tous les Achéens
sur le tranchant du rasoir,
ou une mort très funeste,
ou de vivre (ou la vie).
Mais va maintenant,
fais-lever Ajax agile
et le fils de Phylée
(car toi tu es plus jeune),
si tu as-pitié-de moi. »
    Il dit ainsi;
et lui se revêtit
autour des épaules
d'une peau traînant-jusqu'aux-pieds
de lion fauve, grand;
et il se saisit de *sa* lance;
or il marcha *pour* aller;
et le héros ayant fait-lever eux
les emmena de là.
    Mais eux lorsque certes
ils furent mêlés parmi les gardes
étant rassemblés,
ils trouvèrent à la vérité
les chefs des gardes
ne dormant pas non plus;
mais tous avec *leurs* armes
ils étaient assis en-éveil.

Ὡς δὲ κύνες περὶ μῆλα δυσωρήσονται ἐν αὐλῇ,
θηρὸς ἀκούσαντες κρατερόφρονος, ὅστε καθ᾽ ὕλην
ἔρχηται δι᾽ ὄρεσφι· πολὺς δ᾽ ὀρυμαγδὸς ἐπ᾽ αὐτῷ   185
ἀνδρῶν ἠδὲ κυνῶν· ἀπό τέ σφισιν ὕπνος ὄλωλεν·
ὣς τῶν νήδυμος ὕπνος ἀπὸ βλεφάροιϊν ὀλώλει,
νύκτα φυλασσομένοισι κακήν· πεδίονδε γὰρ αἰεὶ
τετράφαθ᾽, ὁππότ᾽ ἐπὶ Τρώων ἀΐοιεν ἰόντων.
Τοὺς δ᾽ ὁ γέρων γήθησεν ἰδὼν, θάρσυνέ τε μύθῳ·   190
[καί σφεας φωνήσας ἔπεα πτερόεντα προσηύδα·]
    « Οὕτω νῦν, φίλα τέκνα, φυλάσσετε· μηδέ τιν᾽ ὕπνος
αἱρείτω, μὴ χάρμα γενώμεθα δυσμενέεσσιν. »
    Ὡς εἰπὼν, τάφροιο διέσσυτο· τοὶ δ᾽ ἄμ᾽ ἕποντο
Ἀργείων βασιλῆες, ὅσοι κεκλήατο βουλήν[1].   195
Τοῖς δ᾽ ἅμα Μηριόνης καὶ Νέστορος ἀγλαὸς υἱὸς
ἤϊσαν· αὐτοὶ γὰρ κάλεον συμμητιάασθαι.
Τάφρον δ᾽ ἐκδιαβάντες ὀρυκτὴν, ἑδριόωντο

chiens font une pénible garde autour des troupeaux dans la berge-
rie, au bruit d'une bête féroce qui descend de la montagne, à travers
la forêt, hommes et chiens se préparent en tumulte à la défense, et
il n'y a plus de sommeil pour eux; ainsi le doux sommeil a fui la pau-
pière des gardes qui veillent pendant cette nuit d'alarme, toujours
attentifs aux bruits de la plaine, épiant la venue des Troyens. Le
vieillard, satisfait de les voir à leur poste, leur donne des encoura-
gements et leur adresse ces paroles, qui volent rapides :

    « Allons, mes enfants, faites bonne garde; que personne parmi
vous ne se laisse surprendre par le sommeil, et ne nous livre à la
merci des ennemis! »

    A ces mots, il franchit le fossé, et il est suivi de tous les rois des
Grecs, convoqués pour prendre part au conseil. Parmi eux se trouvent Mérion et l'illustre fils de Nestor, qu'ils ont mandés pour prendre
leurs avis. Au delà du fossé, ils choisissent un endroit où le sol n'est

'Ως δὲ κύνες | Or comme des chiens
δυσωρήσονται ἐν αὐλῇ | font-une-pénible-garde dans la cour
περὶ μῆλα, | autour des troupeaux,
ἀκούσαντες | ayant entendu
θηρὸς κρατερόφρονος, | une bête-féroce terrible,
ὅστε ἔρχηται κατὰ ὕλην | qui vient à travers la forêt
διὰ ὄρεσφι· | par les montagnes;
πολὺς δὲ ὀρυμαγδὸς | et un nombreux tumulte
ἀνδρῶν ἠδὲ κυνῶν | d'hommes et de chiens
ἐπὶ αὐτῷ· | a lieu autour d'elle;
ὕπνος τε ἀπόλωλέ σφισιν· | et le sommeil est perdu pour eux:
ὣς ὕπνος νήδυμος ἀπολώλει | ainsi le sommeil doux était perdu
βλεφάροιϊν τῶν, | pour les paupières d'eux,
φυλασσομένοισι νύκτα κακήν· | veillant dans la nuit mauvaise;
τετράφατο γὰρ αἰεὶ | car ils se retournaient toujours
πεδίονδε, | vers-la-plaine,
ὁππότε ἀΐοιεν | quand-enfin ils entendraient
Τρώων ἐπιόντων. | les Troyens survenant.
Ὁ δὲ γέρων γήθησεν | Or le vieillard se réjouit
ἰδὼν τοὺς, | ayant vu eux,
θάρσυνέ τε μύθῳ· | et il les rassura par ce discours:
[καὶ φωνήσας ἔπεα πτερόεντα | [et ayant prononcé des paroles ailées
προσηύδα σφέας·] | il dit-à eux:]
« Φυλάσσετε, φίλα τέκνα, | « Gardez, chers enfants,
οὕτω νῦν· | ainsi maintenant;   [sonne.
ὕπνος δὲ μὴ αἱρείτω τινὰ, | et que le sommeil ne s'empare de per-
μὴ γενώμεθα | de peur que nous ne devenions
χάρμα δυσμενέεσσιν. » | un sujet-de-joie pour les ennemis. »
Εἰπὼν ὣς, | Ayant dit ainsi,
διέσσυτο τάφροιο· | il franchit le fossé;
τοὶ δὲ βασιλῆες Ἀργείων, | et les rois des Argiens,   [seil,
ὅσοι κεκλήατο βουλήν, | ceux-qui avaient été appelés au con-
ἕποντο ἅμα. | suivaient en-même-temps.
Μηριόνης δὲ | Or Mérion
καὶ υἱὸς ἀγλαὸς Νέστορος | et le fils brillant de Nestor
ἤϊσαν ἅμα τοῖς· | allèrent ensemble-avec eux;
αὐτοὶ γὰρ κάλεον | car eux-mêmes les appelaient
συμμητιάασθαι. | à délibérer-ensemble.
Ἐκδιαβάντες δὲ | Alors ayant franchi
τάφρον ὀρυκτὴν, | le fossé creusé,

ἐν καθαρῷ, ὅθι δὴ νεκύων διεφαίνετο χῶρος
πιπτόντων· ὅθεν αὖτις ἀπετράπετ' ὄβριμος Ἕκτωρ,   200
ὀλλὺς Ἀργείους, ὅτε δὴ περὶ νὺξ ἐκάλυψεν.
Ἔνθα καθεζόμενοι, ἔπε' ἀλλήλοισι πίφαυσκον.
Τοῖσι δὲ μύθων ἦρχε Γερήνιος ἱππότα Νέστωρ·

    « Ὦ φίλοι, οὐκ ἂν δή τις ἀνὴρ πεπίθοιθ' ἑῷ αὐτοῦ
θυμῷ τολμήεντι μετὰ Τρῶας μεγαθύμους   205
ἐλθεῖν; Εἴ τινά που δηΐων ἕλοι ἐσχατόωντα,
ἤ τινά που καὶ φῆμιν ἐνὶ Τρώεσσι πύθοιτο,
ἅσσα τε μητιόωσι μετὰ σφίσιν· ἢ μεμάασιν
αὖθι μένειν παρὰ νηυσὶν ἀπόπροθεν, ἦὲ πόλινδε
ἂψ ἀναχωρήσουσιν, ἐπεὶ δαμάσαντό γ' Ἀχαιούς.   210
Ταῦτά κε πάντα πύθοιτο, καὶ ἂψ εἰς ἡμέας ἔλθοι
ἀσκηθής· μέγα κέν οἱ ὑπουράνιον κλέος εἴη
πάντας ἐπ' ἀνθρώπους, καί οἱ δόσις ἔσσεται ἐσθλή.

souillé par la présence d'aucun cadavre, et d'où s'est éloigné, après
avoir immolé bien des Grecs, le formidable Hector, à l'approche de
la nuit, qui répandait partout son ombre. Ils prennent place en ce
lieu et commencent à se consulter entre eux. Nestor de Gérénie,
habile à manier les chevaux, prend le premier la parole :

    « Amis, personne n'a-t-il assez de confiance dans son courage
pour se rendre jusqu'au camp des Troyens magnanimes? Il tâche-
rait de faire quelque prisonnier aux abords de l'armée ennemie, ou
de surprendre parmi les Troyens le secret des desseins qu'ils médi-
tent entre eux; il apprendrait s'ils ont l'intention de rester campés
non loin de nos vaisseaux, ou de se retirer dans leur ville,
après avoir vaincu les Grecs. Il pourrait tout savoir, et revenir vers
nous sans accident. Il s'acquerrait ainsi un grand renom chez tous les
hommes, et il serait comblé de présents. Tous les chefs qui com-

ἐδριόωντο ἐν καθαρῷ,	ils s'établirent dans un *lieu* pur,
ὅθι δὴ χῶρος	où certes la place
διεφαίνετο νεκύων πιπτόντων·	paraissait *vide* de cadavres tombés:
ὅθεν Ἕκτωρ ὄβριμος	d'où Hector impétueux
ἀπετράπετο αὖτις,	s'en était retourné en arrière,
ὀλλὺς Ἀργείους,	détruisant des Argiens,
ὅτε δὴ νὺξ	lorsque certes la nuit
ἐκάλυψε περί.	couvrit *les lieux* d'alentour.
Καθεζόμενοι ἔνθα,	S'établissant là,
πίφαυσκον ἔπεα	ils énonçaient des paroles
ἀλλήλοισι.	les-uns-aux-autres.
Νέστωρ δὲ Γερήνιος ἱππότα	Et Nestor de-Gérénie cavalier
ἦρχε μύθων τοῖσιν·	commença les discours à eux :
« Ὦ φίλοι,	« O amis,
οὔτις ἀνὴρ δὴ	aucun homme certes
ἂν πεπίθοιτο	ne se laisserait-il-persuader
ἑῷ θυμῷ τολμήεντι αὐτοῦ	dans son cœur audacieux de lui
ἐλθεῖν μετὰ Τρῶας μεγαθύμους;	d'aller vers les Troyens magnanimes ?
Εἴ που ἕλοι	Si par hasard il prendrait
τινὰ δηίων ἐσχατόωντα,	quelqu'un des ennemis isolé,
ἢ πύθοιτό που	ou *si* il apprendrait par hasard
καί τινα φῆμιν	même quelque bruit
ἐνὶ Τρώεσσιν,	parmi les Troyens,
ἅσσα τε	et quelles-choses
μητιόωσι μετὰ σφίσιν·	ils méditent entre eux;
ἢ μεμάασι μένειν αὖθι	ou *si* ils désirent rester là
παρὰ νηυσὶν	près des vaisseaux
ἀπόπροθεν,	à distance,
ἠὲ ἀναχωρήσουσιν ἂψ	ou *s*'ils se retireront en arrière
πόλινδε,	vers-la-ville,
ἐπεὶ δαμάσαντό γε	après que ils auront dompté du moins
Ἀχαιούς.	les Achéens.
Πύθοιτό κε πάντα ταῦτα,	Il apprendrait toutes ces-choses
καὶ ἔλθοι ἂψ ἀσκηθὴς	et viendrait en arrière sain-et-sauf
εἰς ἡμέας·	vers nous;
κλέος μέγα ὑπουράνιον	une gloire grande sous-le-ciel
εἴη κέν οἱ	serait à lui
ἐπὶ πάντας ἀνθρώπους,	auprès de tous les hommes,
καὶ δόσις ἐσθλὴ	et un don excellent
ἔσσεταί οἱ.	sera à lui.

Ὅσσοι γὰρ νήεσσιν ἐπικρατέουσιν ἄριστοι,
τῶν πάντων οἱ ἕκαστος ὄϊν δώσουσι μέλαιναν,   215
θῆλυν, ὑπόρρηνον· τῇ μὲν κτέρας οὐδὲν ὅμοιον·
αἰεὶ δ᾽ ἐν δαίτῃσι καὶ εἰλαπίνῃσι παρέσται. »

Ὣς ἔφαθ᾽· οἱ δ᾽ ἄρα πάντες ἀκὴν ἐγένοντο σιωπῇ.
Τοῖσι δὲ καὶ μετέειπε βοὴν ἀγαθὸς Διομήδης·

« Νέστορ, ἔμ᾽ ὀτρύνει κραδίη καὶ θυμὸς ἀγήνωρ   220
ἀνδρῶν δυσμενέων δῦναι στρατὸν, ἐγγὺς ἐόντων,
Τρώων· ἀλλ᾽ εἴ τίς μοι ἀνὴρ ἅμ᾽ ἕποιτο καὶ ἄλλος,
μᾶλλον θαλπωρὴ καὶ θαρσαλεώτερον ἔσται.
Σύν τε δύ᾽ ἐρχομένω, καί τε πρὸ ὁ τοῦ ἐνόησεν
ὅππως κέρδος ἔῃ· μοῦνος δ᾽ εἴπερ τε νοήσῃ,   225
ἀλλά τέ οἱ βράσσων τε νόος, λεπτὴ δέ τε μῆτις. »

Ὣς ἔφαθ᾽· οἱ δ᾽ ἔθελον Διομήδεϊ πολλοὶ ἕπεσθαι·
ἠθελέτην Αἴαντε δύω, θεράποντες Ἄρηος,
ἤθελε Μηριόνης, μάλα δ᾽ ἤθελε Νέστορος υἱός·

mandent les vaisseaux lui donneront chacun une brebis noire avec
son agneau, récompense inestimable, et il sera toujours admis à nos
festins et à nos banquets. »

Il parla ainsi. Tout le monde garda un profond silence. Cependant
le brave Diomède prit la parole, et dit :

« Nestor, mon cœur et mon courage m'engagent à pénétrer dans
le camp des ennemis, quoique les Troyens soient bien près de nous;
mais si quelqu'autre guerrier consentait à m'accompagner, j'aurais
plus de confiance et d'audace. Quand on est deux, il y en a toujours
un qui voit avant l'autre ce qu'il convient de faire; mais quand on est
seul, fût-on bien avisé, l'on est toujours moins clairvoyant et plus
irrésolu. »

Il dit. Beaucoup voulaient suivre Diomède, entre autres les deux
Ajax, serviteurs de Mars, Mérion, et surtout le fils de Nestor; le fils

Ὅσσοι γὰρ ἄριστοι
ἐπικρατέουσι νήεσσι,
δώσουσίν οἱ
ἕκαστος τῶν πάντων
ὄϊν μέλαιναν,
θῆλυν, ὑπόρρηνον·
τῇ μὲν
οὐδὲν κτέρας ὁμοῖον·
παρέσται δὲ αἰεὶ
ἐν δαίτῃσι καὶ εἰλαπίνῃσιν. »
  Ἔφατο ὡς·
οἱ δὲ ἄρα πάντες
ἐγένοντο ἀκὴν σιωπῇ.
Διομήδης δὲ ἀγαθὸς βοὴν
μετέειπε καὶ τοῖσι·
  « Κραδίη καὶ θυμὸς ἀγήνωρ
ὀτρύνει ἐμὲ, Νέστορ,
δῦναι στρατὸν
ἀνδρῶν δυσμενέων,
Τρώων, ἐόντων ἐγγύς·
ἀλλὰ εἴ τις ἄλλος ἀνὴρ καὶ
ἕποιτό μοι ἅμα,
θαλπωρὴ ἔσται μᾶλλον
καὶ θαρσαλεώτερον.
Δύο τε ἐρχομένω σὺν,
καί τε ὁ ἐνόησε
πρὸ τοῦ
ὅππως κέρδος ἔῃ·
μοῦνος δὲ
εἴπερ τε νοήσῃ,
ἀλλά τε νόος τε βράσσων οἱ,
μῆτις δέ τε λεπτή. »
  Ἔφατο ὡς·
οἱ δὲ πολλοὶ
ἔθελον ἕπεσθαι Διομήδεϊ·
δύω Αἴαντε, θεράποντες Ἄρηος,
ἠθελέτην,
Μηριόνης ἤθελεν,
υἱὸς δὲ Νέστορος
ἤθελε μάλα·

Car autant que *il y a* de chefs *qui*
commandent-sur les vaisseaux,
tous donneront à lui
chacun d'eux tous
une brebis noire,
femelle, allaitant-un-agneau ;
auquel *don* à la vérité
aucune possession *n'est* semblable ;
et il sera-présent toujours
dans les festins et les banquets. »
  Il dit ainsi :
et eux donc tous
devinrent en-repos en-silence.
Et Diomède brave *quant* à la guerre
dit aussi parmi eux :
  « Le cœur et l'esprit courageux
pousse moi, Nestor,
à pénétrer-dans l'armée
des hommes ennemis,
des Troyens, étant près ;
mais si quelque autre homme aussi
suivait moi en-même-temps,
une ardeur sera *à moi* plus *grande*
et *quelque chose* de plus hardi.
Et deux allant ensemble,
il arrive aussi *que* l'un a vu
avant l'autre
comment l'avantage serait ;
mais seul
et quand même il verrait,
mais et la pensée *est* plus lente à lui,
et la prudence *plus* mince. »
  Il dit ainsi ;
et eux nombreux
voulaient suivre Diomède ;
les deux Ajax, serviteurs de Mars,
le voulaient-tous-les-deux,
Mérion *le* voulait,
et le fils de Nestor
le voulait beaucoup ;

ἤθελε δ' Ἀτρείδης, δουρικλειτὸς Μενέλαος·   230
ἤθελε δ' ὁ τλήμων Ὀδυσεὺς καταδῦναι ὅμιλον
Τρώων· αἰεὶ γάρ οἱ ἐνὶ φρεσὶ θυμὸς ἐτόλμα.
Τοῖσι δὲ καὶ μετέειπεν ἄναξ ἀνδρῶν Ἀγαμέμνων·

« Τυδείδη Διόμηδες, ἐμῷ κεχαρισμένε θυμῷ,
τὸν μὲν δὴ ἕταρόν γ' αἱρήσεαι, ὅν κ' ἐθέλησθα,   235
φαινομένων τὸν ἄριστον· ἐπεὶ μεμάασί γε πολλοί.
Μηδὲ σύγ', αἰδόμενος σῇσι φρεσὶ, τὸν μὲν ἀρείω
καλλείπειν, σὺ δὲ χείρον' ὀπάσσεαι, αἰδοῖ εἴκων,
ἐς γενεὴν ὁρόων, μηδ' εἰ βασιλεύτερός ἐστιν. »

Ὣς ἔφατ'· ἔδδεισεν δὲ περὶ ξανθῷ Μενελάῳ.   240
Τοῖς δ' αὖτις μετέειπε βοὴν ἀγαθὸς Διομήδης·

« Εἰ μὲν δὴ ἕταρόν γε κελεύετέ μ' αὐτὸν ἑλέσθαι,
πῶς ἂν ἔπειτ' Ὀδυσῆος ἐγὼ θείοιο λαθοίμην,
οὗ πέρι μὲν πρόφρων κραδίη καὶ θυμὸς ἀγήνωρ

d'Atrée, l'illustre Ménélas, le voulait aussi, non moins que le patient
Ulysse, qui brûle de pénétrer dans l'armée des Troyens, et dont
l'âme intrépide est toujours prête à oser. Agamemnon, prince des
hommes, leur adresse ce discours :

« Fils de Tydée, Diomède, ami cher à mon cœur, prends pour
compagnon celui qu'il te plaira, le plus brave de ceux qui se présentent. puisqu'un grand nombre d'entre nous veulent te suivre. Qu'une
fausse honte ne t'engage pas à laisser le plus brave, pour prendre
avec toi quelque guerrier moins vaillant, ne regardant qu'à la naissance ; non, quelle que soit la puissance de ceux qui se présentent ! »

Il dit. Il craignait vivement pour les jours du blond Ménélas. Le
valeureux Diomède lui répond alors :

« Si vous m'ordonnez de me choisir moi-même un compagnon,
comment pourrais-je oublier le divin Ulysse, qui déploie tant de sa-

Ἀτρείδης ἤθελε,	le fils-d'Atrée *le* voulait,
Μενέλαος δουρικλειτός·	Ménélas célèbre-par-la-lance ;
Ὀδυσεὺς δὲ ὁ τλήμων	et Ulysse le constant
ἤθελε καταδῦναι	voulait pénétrer-dans
ὅμιλον Τρώων·	la foule des Troyens ;
θυμὸς γὰρ ἐτόλμα οἱ αἰεὶ	car le cœur osait à lui toujours
ἐνὶ φρεσίν.	dans la poitrine.
Ἀγαμέμνων δὲ καὶ	Et Agamemnon aussi
ἄναξ ἀνδρῶν	prince des hommes
μετέειπε τοῖσ··	dit-parmi eux :
« Διόμηδες Τυδείδη,	« Diomède fils-de-Tydée,
κεχαρισμένε ἐμῷ θυμῷ,	cher à mon cœur,
αἱρήσεαί γε δὴ	tu choisiras du moins certes
τὸν μὲν ἕταρον,	le compagnon,
ὅν κεν ἐθέλῃσθα,	celui que tu voudras,
τὸν ἄριστον φαινομένων·	le plus brave de *ceux* paraissant *ici;*
ἐπεὶ πολλοί γε μεμάασι.	puisque beaucoup certes désirent.
Σύγε	Toi-du-moins,
μηδὲ καλλείπειν	ne laisse pas
τὸν μὲν ἀρείω,	le plus brave à la vérité,
αἰδόμενος σῇσι φρεσὶ,	ayant-honte dans ton esprit,
σὺ δὲ ὀπάσσεαι	et toi *ne* choisis-*pas*-un-compagnon
χείρονα,	inférieur,
εἴκων αἰδοῖ,	cédant à la pudeur,
ὁρόων ἐς γενεὴν,	regardant à la naissance,
μηδὲ εἰ ἐστι βασιλεύτερος. »	ni si il est plus roi. »
Ἔφατο ὥς·	Il dit ainsi ;
ἔδδεισε δὲ	et il craignit
περὶ Μενελάῳ ξανθῷ.	pour Ménélas blond.
Διομήδης δὲ	Mais Diomède
ἀγαθὸς βοὴν	brave *quant* à la guerre
μετέειπε τοῖς αὖτις·	dit-parmi eux de nouveau :
« Εἰ μὲν δὴ	« Si à la vérité certes
κελεύετέ γέ με αὐτὸν	vous ordonnez du moins moi-même
ἑλέσθαι ἕταρον,	prendre un compagnon,
πῶς ἐγὼ ἔπειτα	comment moi ensuite
ἂν λαθοίμην Ὀδυσῆος θείοιο,	oublierais-je Ulysse divin,
οὗ μὲν κραδίη	duquel à la vérité l'esprit '
καὶ θυμὸς ἀγήνωρ	et le cœur courageux
πρόφρων πέρι	*est* actif supérieurement

2.

ἐν πάντεσσι πόνοισι, φιλεῖ δέ ἑ Παλλὰς Ἀθήνη;   245
Τούτου γ' ἑσπομένοιο, καὶ ἐκ πυρὸς αἰθομένοιο
ἄμφω νοστήσαιμεν, ἐπεὶ περίοιδε νοῆσαι. »

    Τὸν δ' αὖτε προσέειπε πολύτλας δῖος Ὀδυσσεύς·
« Τυδείδη, μήτ' ἄρ με μάλ' αἴνεε, μήτε τι νείκει·
εἰδόσι γάρ τοι ταῦτα μετ' Ἀργείοις ἀγορεύεις·   250
ἀλλ' ἴομεν. Μάλα γὰρ νὺξ ἄνεται, ἐγγύθι δ' ἠώς·
ἄστρα δὲ δὴ προβέβηκε, παρῴχηκεν δὲ πλέων νὺξ
τῶν δύο μοιράων, τριτάτη δ' ἔτι μοῖρα λέλειπται. »

    Ὣς εἰπόνθ', ὅπλοισιν ἔνι δεινοῖσιν ἐδύτην.
Τυδείδη μὲν δῶκε [1] μενεπτόλεμος Θρασυμήδης   255
φάσγανον ἄμφηκες (τὸ δ' ἑὸν παρὰ νηῒ λέλειπτο)
καὶ σάκος· ἀμφὶ δέ οἱ κυνέην κεφαλῆφιν ἔθηκε
ταυρείην, ἄφαλόν τε καὶ ἄλλοφον, ἥτε καταῖτυξ
κέκληται, ῥύεται δὲ κάρη θαλερῶν αἰζηῶν.

gesse et d'énergie dans toutes les occasions, et qui est aimé de Minerve Pallas? Avec un compagnon tel que lui je sortirais vainqueur
des flammes d'un incendie, tant il est avisé! »

    Alors le divin Ulysse, au cœur intrépide, lui répond: « Fils de
Tydée, ne m'adresse ni louange ni blâme; les Grecs à qui tu parles,
ont appris à me connaître. Mais partons! la nuit avance, et l'aurore
ne tardera pas à paraître; les astres déclinent, et la nuit a déjà par-
couru les deux tiers de sa carrière; nous n'avons plus que peu de
temps pour agir. »

    Après avoir ainsi parlé, les deux guerriers se revêtent de leurs
armes redoutables. Le belliqueux Thrasymède donne au fils de Tydée
une épée à deux tranchants (Diomède avait laissé la sienne près des
vaisseaux) et un bouclier; il lui place sur la tête un casque de peau
de bœuf, sans aigrette et sans cimier, un de ces casques à forme
basse qui protégent la tête des jeunes guerriers. Mérion arme Ulysse

ἐν πάντεσσι πόνοισι,	dans tous les travaux,
Παλλὰς δὲ Ἀθήνη φιλεῖ ἑ;	et Pallas Minerve aime lui ?
Τούτου γε ἑσπομένοιο,	Celui-ci certes me suivant,
ἄμφω νοστήσαιμεν	tous-les-deux nous reviendrions
καὶ ἐκ πυρὸς αἰθομένοιο,	même du feu embrasé,
ἐπεὶ περίοιδε νοῆσαι. »	parce qu'il sait-bien aviser. »
Ὀδυσσεὺς δὲ δῖος	Mais Ulysse divin
πολύτλας	très-persévérant
προσέειπε τὸν αὖτε·	dit-à lui en retour :
« Τυδείδη,	« Fils-de-Tydée,
μήτε ἄρ αἴνεέ με μάλα,	ni certes ne loue moi beaucoup,
μήτε νείκει τι·	ni ne me blâme en rien ;
ἀγορεύεις γάρ τοι ταῦτα	car tu dis certes ces-choses
μετὰ Ἀργείοις εἰδόσιν·	parmi les Argiens les sachant ;
ἀλλὰ ἴομεν.	mais allons.
Νὺξ γὰρ ἄνεται μάλα,	Car la nuit s'avance beaucoup,
ἠὼς δὲ ἐγγύθι·	et l'aurore est proche ;
ἄστρα δὲ δὴ	et les astres certes
προβέβηκε,	se sont avancés,
νὺξ δὲ παρῴχηκε	et la nuit s'est écoulée
πλέων τῶν δύο μοιράων,	pour-plus de deux parts,
μοῖρα δὲ τριτάτη	et la part troisième
λέλειπται ἔτι. »	reste encore. »
Εἰπόντε ὥς,	Ayant dit-tous-deux ainsi,
ἐδύτην	ils s'enveloppèrent
ἐνὶ ὅπλοισι δεινοῖσι.	dans leurs armes terribles.
Θρασυμήδης μὲν	Et Thrasymède
μενεπτόλεμος	ferme-à-la-guerre
δῶκε Τυδείδη	donna au fils-de-Tydée
φάσγανον ἄμφηκες	une épée à-deux-tranchants
(τὸ δὲ ἑὸν λέλειπτο	(or la sienne avait été laissée
παρὰ νηΐ)	près de son vaisseau)
καὶ σάκος·	et un bouclier ;
ἔθηκε δέ οἱ	et il mit à lui
ἀμφὶ κεφαλῆφι	autour de la tête
κυνέην ταυρείην,	un casque de-peau-de-bœuf,
ἄφαλόν τε καὶ ἄλλοφον,	et sans-cimier et sans-aigrette,
ἥτε κέκληται καταῖτυξ,	lequel est appelé casque-bas,
ῥύεται δὲ κάρη	et protége la tête
αἰζηῶν θαλερῶν.	des jeunes-gens florissants.

Μηριόνης δ' Ὀδυσῆϊ δίδου βιὸν ἠδὲ φαρέτρην   260
καὶ ξίφος· ἀμφὶ δέ οἱ κυνέην κεφαλῆφιν ἔθηκε,
ῥινοῦ ποιητήν· πολέσιν δ' ἔντοσθεν ἱμᾶσιν
ἐντέτατο στερεῶς· ἔκτοσθε δὲ λευκοὶ ὀδόντες
ἀργιόδοντος ὑὸς θαμέες ἔχον ἔνθα καὶ ἔνθα,
εὖ καὶ ἐπισταμένως· μέσσῃ δ' ἐνὶ πῖλος ἀρήρει.   265
Τήν ῥά ποτ' ἐξ Ἐλεῶνος Ἀμύντορος Ὀρμενίδαο
ἐξέλετ' Αὐτόλυχος[1], πυκινὸν δόμον ἀντιτορήσας·
Σκανδείανδ' ἄρα δῶκε Κυθηρίῳ Ἀμφιδάμαντι·
Ἀμφιδάμας δὲ Μόλῳ δῶκε ξεινήϊον εἶναι·
αὐτὰρ ὁ Μηριόνῃ δῶκεν, ᾧ παιδὶ, φορῆναι·   270
δὴ τότ' Ὀδυσσῆος πύκασεν κάρη ἀμφιτεθεῖσα.

Τὼ δ' ἐπεὶ οὖν ὅπλοισιν ἔνι δεινοῖσιν ἐδύτην,
βάν ῥ' ἰέναι[2], λιπέτην δὲ κατ' αὐτόθι πάντας ἀρίστους.
Τοῖσι δὲ δεξιὸν ἧκεν ἐρωδιὸν ἐγγὺς ὁδοῖο
Παλλὰς Ἀθηναίη[3]· τοὶ δ' οὐκ ἴδον ὀφθαλμοῖσι   275
νύκτα δι' ὀρφναίην, ἀλλὰ κλάγξαντος ἄκουσαν.
Χαῖρε δὲ τῷ ὄρνιθ' Ὀδυσεὺς, ἠρᾶτο δ' Ἀθήνη·

d'un arc, d'un carquois et d'une épée, et lui met sur la tête un
casque de peau garni à l'intérieur de nombreuses et fortes courroies,
et artistement orné à l'extérieur de dents de sanglier blanches et ser-
rées ; tout le reste était garni d'une laine épaisse. Ce casque fut autrefois enlevé dans Éléon à Amyntor, fils d'Orménus, par Autolycus, qui renversa les fortes murailles de son palais. Puis ce héros le
donna dans Scandie à Amphidamas de Cythère, et Amphidamas le
donna à Molus, son hôte, qui en fit présent à son fils Mérion, pour
le porter dans les combats. Enfin il couvrait alors la tête d'Ulysse.

Quand les deux guerriers se furent couverts de leurs armes redoutables, ils se mirent en marche, et quittèrent tous les principaux
chefs qui se trouvaient là. Minerve Pallas envoie à leur droite un
héron au bord du chemin qu'ils suivent. Ils ne le voient pas à travers
la nuit obscure ; mais ils entendent son cri. Ulysse se réjouit du présage, et prie ainsi Minerve :

Μηριόνης δὲ δίδου Ὀδυσῆϊ	Mais Mérion donnait à Ulysse
βιὸν ἠδὲ φαρέτρην καὶ ξίφος·	un arc et un carquois et une épée;
ἔθηκε δέ οἱ	et il mit à lui
ἀμφὶ κεφαλῆφι	autour de la tête
κυνέην, ποιητὴν ῥινοῦ·	un casque, fait de peau;
ἐντέτατο δὲ στερεῶς ἔντοσθεν	or il était tendu solidement en dedans
ἱμᾶσι πολέσιν·	par des courroies nombreuses;
ἔκτοσθε δὲ ὀδόντες λευκοὶ	et en dehors les dents blanches
ὑὸς ἀργιόδοντος	d'un sanglier aux-blanches-dents
ἔχον θαμέες ἔνθα καὶ ἔνθα,	tenaient serrés çà et là,
εὖ καὶ ἐπισταμένως·	bien et savamment;
πῖλος δὲ ἀρήρει ἐνὶ μέσσῃ.	et un feutre était adapté au milieu.
Τήν ῥα	Lequel *casque* certes
Αὐτόλυκος ἐξέλετό ποτε	Autolycus enleva autrefois
ἐξ Ἐλεῶνος	du *bourg* d'Éléon
Ἀμύντορος Ὀρμενίδαο,	à Amyntor fils-d'Orménus,
ἀντιτορήσας δόμον πυκινόν·	ayant forcé *sa* maison solide;
ἄρα Σκανδείανδε	*l'emportant* donc à Scandie
δῶκεν	il *le* donna
Ἀμφιδάμαντι Κυθηρίῳ·	à Amphidamas de-Cythère;
Ἀμφιδάμας δὲ δῶκε Μόλῳ	et Amphidamas *le* donna à Molus
εἶναι ξεινήϊον·	*pour* être *présent* d'hospitalité;
αὐτὰρ ὁ δῶκε φορῆναι	mais celui-ci *le* donna à porter
Μηριόνῃ, ᾧ παιδί·	à Mérion, son fils;
δὴ τότε ἀμφιτεθεῖσα	certes alors ayant été posé-autour
πύκασε κάρη Ὀδυσσῆος.	il couvrit la tête d'Ulysse.
Τὼ δὲ,	Et eux-deux,
ἐπεὶ οὖν ἐθύτην	après donc qu'ils se furent enveloppés
ἐνὶ ὅπλοισι δεινοῖσι,	dans *leurs* armes terribles,
βάν ῥα ἰέναι,	marchèrent alors *pour* aller,
καταλιπέτην δὲ αὐτόθι	et laissèrent là-même
πάντας ἀρίστους.	tous les plus braves.
Παλλὰς δὲ Ἀθηναίη	Mais Pallas Minerve
ἧκε τοῖσιν ἐρωδιὸν δεξιὸν	envoya à eux un héron à-droite
ἐγγὺς ὁδοῖο·	près du chemin;
τοὶ δὲ οὐκ ἴδον ὀφθαλμοῖσι	et eux ne *le* virent pas des yeux
διὰ νύκτα ὀρφναίην,	à travers la nuit obscure,
ἀλλὰ ἄκουσαν κλάγξαντος.	mais ils *l'*entendirent ayant crié.
Ὀδυσεὺς δὲ χαῖρε τῷ ὄρνιθι,	Et Ulysse se réjouit de l'oiseau,
ἠρᾶτο δὲ Ἀθήνῃ·	et pria Minerve.

« Κλῦθί μευ, αἰγιόχοιο Διὸς τέχος, ἥτε μοι αἰεὶ
ἐν πάντεσσι πόνοισι παρίστασαι, οὐδέ σε λήθω
κινύμενος· νῦν αὖτε μάλιστά με φῖλαι, Ἀθήνη·   280
δὸς δὲ πάλιν ἐπὶ νῆας ἐϋκλεῖας ἀφικέσθαι,
ῥέξαντας μέγα ἔργον, ὅ κε Τρώεσσι μελήσει. »

    Δεύτερος αὖτ' ἠρᾶτο βοὴν ἀγαθὸς Διομήδης·
« Κέκλυθι νῦν καὶ ἐμεῖο, Διὸς τέχος, Ἀτρυτώνη·
σπεῖό μοι, ὡς ὅτε πατρὶ ἅμ' ἕσπεο Τυδέϊ δίῳ   285
ἐς Θήβας, ὅτε τε πρὸ Ἀχαιῶν ἄγγελος ἤει.
Τοὺς δ' ἄρ' ἐπ' Ἀσωπῷ λίπε χαλκοχίτωνας Ἀχαιούς·
αὐτὰρ ὁ μειλίχιον μῦθον φέρε Καδμείοισι
κεῖσ'· ἀτὰρ ἂψ ἀπιὼν μάλα μέρμερα μήσατο ἔργα,
σὺν σοί, δῖα θεά, ὅτε οἱ πρόφρασσα παρέστης.   290
Ὣς νῦν μοι ἐθέλουσα παρίστασο, καί με φύλασσε.
Σοὶ δ' αὖ ἐγὼ ῥέξω βοῦν ἦνιν, εὐρυμέτωπον,

« Écoute-moi, fille de Jupiter qui tient l'égide, toi qui m'assistes
toujours dans mes travaux, et qui es encore dans le secret de notre
entreprise, c'est à présent surtout que j'ai besoin de ta protection,
Minerve ! Donne-nous de revenir comblés de gloire vers nos vaisseaux,
et d'accomplir quelque grande action, dont les Troyens gardent un
long souvenir ! »

À son tour pria le valeureux Diomède : « Écoute-moi aussi, fille de
Jupiter, indomptable déesse. Sois ma compagne, comme tu fus
celle du divin Tydée, quand il se rendit à Thèbes, au nom des
Grecs, dont il était l'ambassadeur. Il avait laissé sur les bords de
l'Asopus les Grecs à la tunique d'airain, et portait de douces paroles
de paix aux enfants de Cadmus; mais, à son retour, il accomplit de
grandes actions, avec ton aide, puissante déesse ! car tu le protégeais
et l'assistais. Assiste-moi de même à présent, et veille à mon salut.
Je te sacrifierai une génisse d'un an, au large front, et qui, indomp-

« Κλῦθί μευ,   « Écoute-moi,
τέχος Διὸς αἰγιόχοιο,   fille de Jupiter ayant-l'égide,
ἥτε παρίστασαί μοι αἰεὶ   qui assistes moi toujours
ἐν πάντεσσι πόνοισιν,   dans tous les travaux,
οὐδὲ λήθω σε   et je n'échappe pas à toi
κινύμενος·   me remuant (marchant);
νῦν αὖτε, Ἀθήνη,   maintenant donc, Minerve,
φῖλαί με μάλιστα·   aime moi plus-que-jamais;
δὸς δὲ ἀφικέσθαι πάλιν   donne-nous de revenir de nouveau
ἐπὶ νῆας εὐκλεῖας,   vers les vaisseaux aux-belles-rames,
ῥέξαντας ἔργον μέγα,   ayant fait une action grande,
ὅ κε μελήσει Τρώεσσι. »   qui puisse-inquiéter les Troyens. »
  Διομήδης   Diomède
ἀγαθὸς βοὴν   brave quant à la guerre
ἠρᾶτο αὖτε δεύτερος·   pria derechef le second :
« Κέκλυθι νῦν   « Écoute maintenant
καὶ ἐμεῖο,   aussi moi,
τέχος Διὸς,   fille de Jupiter,
Ἀτρυτώνη·   Indomptable;
σπεῖό μοι,   accompagne moi,
ὡς ὅτε ἕσπεο   comme lorsque tu allais
ἅμα Τυδέι δίῳ πατρὶ   avec Tydée divin mon père
ἐς Θήβας,   vers Thèbes,
ὅτε τε προῄει   et lorsque il y alla
ἄγγελος Ἀχαιῶν.   messager des Achéens.
Λίπε δὲ ἄρα ἐπὶ Ἀσωπῷ   Or il laissa donc sur l'Asopus
τοὺς Ἀχαιοὺς χαλκοχίτωνας·   les Achéens à-la-tunique-d'airain;
αὐτὰρ ὁ φέρε   mais lui il portait
μῦθον μειλίχιον   des paroles mielleuses
Καδμείοισι κεῖσε·   aux Cadméens là-bas;
ἀτὰρ ἀπιὼν ἀψ   et en s'en allant de retour
μήσατο σὺν σοὶ, θεὰ δῖα,   il accomplit avec toi, déesse divine,
ἔργα μάλα μέρμερα,   des actions très terribles,
ὅτε παρέστης   lorsque tu étais-présente
πρόφρασσά οἱ.   bienveillante-pour lui.
Παρίστασό μοι ὣς ἐθέλουσα,   Assiste-moi ainsi le voulant,
καὶ φύλασσέ με.   et garde moi.
Ἐγὼ δὲ ῥέξω αὖ σοι   Or moi je sacrifierai en retour à toi
βοῦν ἦνιν,   une génisse d'un-an,
εὐρυμέτωπον,   au-large-front,

ἀδμήτην, ἣν οὔπω ὑπὸ ζυγὸν ἤγαγεν ἀνήρ·

τήν τοι ἐγὼ ῥέξω, χρυσὸν κέρασιν περιχεύας. »

Ὣς ἔφαν εὐχόμενοι· τῶν δ' ἔκλυε Παλλὰς Ἀθήνη.   295

Οἳ δ' ἐπεὶ ἠρήσαντο Διὸς κούρῃ μεγάλοιο,

βάν ῥ' ἴμεν, ὥστε λέοντε δύω, διὰ νύκτα μέλαιναν,

ἂμ φόνον, ἂν νέκυας, διά τ' ἔντεα καὶ μέλαν αἶμα[1].

Οὐδὲ μὲν οὐδὲ Τρῶας ἀγήνορας εἴασ' Ἕκτωρ

εὕδειν, ἀλλ' ἄμυδις κικλήσκετο πάντας ἀρίστους,   300

ὅσσοι ἔσαν Τρώων ἡγήτορες ἠδὲ μέδοντες·

τοὺς ὅγε συγκαλέσας, πυκινὴν ἠρτύνετο βουλήν·

« Τίς κέν μοι τόδε ἔργον ὑποσχόμενος τελέσειε

δώρῳ ἔπι μεγάλῳ; Μισθὸς δέ οἱ ἄρκιος ἔσται.

Δώσω γὰρ δίφρον τε, δύω τ' ἐριαύχενας ἵππους,   305

οἵ κεν ἄριστοι ἔωσι θοῇς ἐπὶ νηυσὶν Ἀχαιῶν,

ὅστις κε τλαίη, οἷ τ' αὐτῷ κῦδος ἄροιτο,

νηῶν ὠκυπόρων σχεδὸν ἐλθέμεν, ἔκ τε πυθέσθαι

tée jusqu'ici, n'a pas encore été mise sous le joug. Je te l'offrirai en sacrifice avec ses cornes dorées. »

C'est ainsi qu'ils priaient. Minerve Pallas les entendit. Quand ils eurent prié la fille du grand Jupiter, ils se mirent à marcher comme deux lions, dans l'obscurité de la nuit, à travers la plaine couverte de carnage et de cadavres, au milieu des armes et du sang noir.

De son côté, Hector ne permet pas non plus aux valeureux Troyens de dormir; mais il convoque leurs chefs et leurs princes, et, quand ils sont rassemblés, il ouvre cet avis plein de sagesse :

« Qui de vous veut mériter une belle récompense et s'engager dans une grande entreprise? Le prix que j'y mettrai, comblera tous ses désirs. Je donne un char et deux coursiers à la superbe encolure, les plus beaux qui se trouvent sur les rapides vaisseaux des Grecs, à qui osera se couvrir de gloire, en s'approchant des vaisseaux rapides, pour reconnaître s'ils sont gardés comme auparavant, ou

ἀδμήτην,	indomptée,
ἥν ἀνὴρ	laquelle un homme
οὔπω ἤγαγεν ὑπὸ ζυγόν·	n'a pas encore menée sous le joug;
ἐγὼ ῥέξω τήν τοι,	moi je sacrifierai elle à toi,
περιχεύας κέρασιν χρυσόν. »	ayant versé-autour des cornes de l'or.»
Ἔφαν ὣς εὐχόμενοι·	Ils dirent ainsi en priant;
Παλλὰς δὲ Ἀθήνη ἔκλυε τῶν.	et Pallas Minerve entendit eux.
Οἱ δὲ ἐπεὶ ἠρήσαντο	Et eux après que ils eurent prié
κούρῃ Διὸς μεγάλοιο,	la fille de Jupiter grand,
βάν ῥα ἴμεν,	ils marchèrent certes *pour* aller,
ὥστε δύω λέοντε,	comme deux lions,
διὰ νύκτα μέλαιναν,	à travers la nuit noire,
ἂμ. φόνον,	autour du meurtre,
ἂν νέκυας,	autour des cadavres,
διὰ ἔντεά τε	à travers et les armes
καὶ αἷμα μέλαν.	et le sang noir.
Οὐδὲ μὲν Ἕκτωρ	Ni Hector à la vérité
οὐδὲ εἴασεν εὕδειν	ne laissa dormir
Τρῶας ἀγήνορας,	les Troyens courageux,
ἀλλὰ κικλήσκετο ἄμυδις	mais il convoqua ensemble
πάντας ἀρίστους,	tous les meilleurs (les chefs),
ὅσσοι ἔσαν	autant-que ils étaient
ἡγήτορες ἠδὲ μέδοντες Τρώων·	chefs et gouverneurs des Troyens;
τοὺς ὅγε συγκαλέσας,	lesquels celui-ci ayant convoqués,
ἠρτύνετο βουλὴν πυκινήν·	il combinait un dessein habile :
« Τίς ὑποσχόμενος	« Qui ayant promis
τελέσειέ κέ μοι τόδε ἔργον	accomplirait à moi cette action
ἐπὶ δώρῳ μεγάλῳ;	pour un présent grand ?
Μισθὸς δὲ ἄρκιος	Or une récompense suffisante
ἔσται οἱ.	sera à lui.
Δώσω γὰρ δίφρον τε,	Car je *lui* donnerai et un char,
δύω τε ἵππους ἐριαύχενας,	et deux chevaux au-cou-élevé,
οἵ κεν ἔωσιν ἄριστοι	qui seraient les meilleurs
ἐπὶ νηυσὶ θοῆς Ἀχαιῶν,	sur les navires rapides des Achéens,
ὅστις κε τλαίη,	quiconque oserait *faire cela*,
ἄροιτό τε κῦδος	et remporterait de la gloire
οἱ αὐτῷ,	pour lui-même,
ἐλθέμεν σχεδὸν νηῶν	*en osant* aller près des vaisseaux
ὠκυπόρων,	à-la-course-rapide,
ἐκπυθέσθαι τε	et apprendre

ἠὲ φυλάσσονται νῆες θοαὶ, ὡς τοπάρος περ,
ἢ ἤδη, χείρεσσιν ὑφ᾽ ἡμετέρῃσι δαμέντες,   31
φύξιν βουλεύουσι μετὰ σφίσιν, οὐδ᾽ ἐθέλουσι
νύκτα φυλασσέμεναι, καμάτῳ ἀδδηκότες αἰνῷ. »

    Ὣς ἔφαθ᾽· οἱ δ᾽ ἄρα πάντες ἀκὴν ἐγένοντο σιωπῇ.
Ἦν δέ τις ἐν Τρώεσσι Δόλων, Εὐμήδεος υἱὸς,
κήρυκος θείοιο, πολύχρυσος, πολύχαλκος·   3
ὃς δή τοι εἶδος μὲν ἔην κακὸς, ἀλλὰ ποδώκης·
αὐτὰρ ὁ μοῦνος ἔην μετὰ πέντε κασιγνήτῃσιν.
Ὅς ῥα τότε Τρωσίν τε καὶ Ἕκτορι μῦθον ἔειπεν·

    « Ἕκτορ, ἔμ᾽ ὀτρύνει κραδίη καὶ θυμὸς ἀγήνωρ
νηῶν ὠκυπόρων σχεδὸν ἐλθέμεν, ἔκ τε πυθέσθαι.   3
Ἀλλ᾽ ἄγε, μοὶ τὸ σκῆπτρον ἀνάσχεο, καί μοι ὄμοσσον,
ἦ μὲν τοὺς ἵππους τε καὶ ἅρματα ποικίλα χαλκῷ
δωσέμεν, οἳ φορέουσιν ἀμύμονα Πηλείωνα.
Σοὶ δ᾽ ἐγὼ οὐχ ἅλιος σκοπὸς ἔσσομαι, οὐδ᾽ ἀπὸ δόξης·
τόφρα γὰρ ἐς στρατὸν εἶμι διαμπερὲς, ὄφρ᾽ ἂν ἵκωμαι   3

si, vaincus par nos efforts, les Grecs songent à la retraite, et reno
cent à se garder pendant la nuit, accablés qu'ils sont par tant de
tigues. »

    Il dit. Tout le monde garde un profond silence. Parmi les Troye
se trouvait un certain Dolon, fils du divin héraut Eumède, qui p
sédait beaucoup d'or et d'airain. Il était laid de visage, mais agile à
course. C'était le frère unique de cinq sœurs. Il prend la parole,
dit en s'adressant à Hector et aux Troyens :

    « Hector, mon cœur et mon courage me conseillent de me ren
vers les vaisseaux rapides, pour reconnaître les dispositions des
nemis. Tiens donc ton sceptre haut, et jure-moi de me donner
chevaux et le char étincelant d'airain qui portent l'irréprochable
de Pélée. Mon expédition ne sera pas vaine, et je ne resterai pas
dessous de ce que tu attends de moi. Je pénétrerai dans l'armée j

ἠὲ νῆες θοαὶ φυλάσσονται,	si les vaisseaux rapides sont gardés,
ὡς τοπάρος περ,	comme auparavant du moins,
ἢ ἤδη, δαμέντες	ou *si* déjà, ayant été domptés
ὑπὸ ἡμετέρῃσι χείρεσσι,	par nos mains,
βουλεύουσι φύξιν μετὰ σφίσιν,	*les Grecs* méditent la fuite entre eux,
οὐδὲ ἐθέλουσι	et ne veulent pas
φυλασσέμεναι νύκτα,	se garder la nuit,
ἀδδηκότες καμάτῳ αἰνῷ. »	épuisés par une fatigue terrible. »
Ἔφατο ὥς·	Il dit ainsi :
οἱ δὲ ἄρα πάντες	et donc eux tous
ἐγένοντο ἀκὴν σιωπῇ.	devinrent en-repos en-silence.
Ἦν δὲ ἐν Τρώεσσί	Or il était parmi les Troyens
τις Δόλων,	un certain Dolon,
υἱὸς Εὐμήδεος, κήρυκος θείοιο,	fils d'Eumède, héraut divin,
πολύχρυσος, πολύχαλκος·	riche-en-or, riche-en-airain ;
ὃς δή τοι ἔην	lequel certes était
κακὸς μὲν εἶδος,	laid à la vérité de forme,
ἀλλὰ ποδώκης·	mais agile-quant-aux-pieds ;
αὐτὰρ ὁ ἔην μοῦνος	et lui était seul
μετὰ πέντε κασιγνήτῃσιν.	parmi cinq sœurs.
Ὅς ῥα τότε ἔειπε μῦθον	Lequel certes alors dit *ces* paroles
Τρωσί τε καὶ Ἕκτορι·	et aux Troyens et à Hector :
« Κραδίη καὶ θυμὸς ἀγήνωρ	« Le cœur et l'âme courageuse
ὀτρύνει ἐμὲ ἐλθέμεν, Ἕκτορ,	excite moi à aller, Hector, [de,
σχεδὸν νηῶν ὠκυπόρων,	près des vaisseaux à-la-course-rapi-
ἐκπυθέσθαι τε.	et à m'informer.
Ἀλλὰ ἄγε,	Mais va,
ἀνάσχεό μοι τὸ σκῆπτρον,	tiens-haut à moi le sceptre,
καὶ ὄμοσσόν μοι,	et jure à moi,
ἦ μὲν δωσέμεν	certes *toi* devoir *me* donner
τοὺς ἵππους τε	et les chevaux
καὶ ἅρματα ποικίλα χαλκῷ,	et les chars variés par l'airain,
οἳ φορέουσι	qui portent
Πηλείωνα ἀμύμονα.	le fils-de-Pélée irréprochable.
Ἐγὼ δὲ οὐκ ἔσσομαί σοι	Et moi je ne serai pas à toi
σκοπὸς ἄλιος,	un espion inutile,
οὐδὲ ἀπὸ δόξης·	ni loin (au-dessous) de *ton* opinion ;
εἶμι γὰρ διαμπερὲς	car je vais de part-en-part
ἐς στρατὸν	dans l'armée
τόφρα ὄφρα ἂν ἵκωμαι	jusqu'à ce que je sois arrivé

νῆ᾿ Ἀγαμεμνονέην, ὅθι που μέλλουσιν ἄριστοι

βουλὰς βουλεύειν, ἢ φευγέμεν, ἠὲ μάχεσθαι. »

Ὣς φάθ᾿· ὁ δ᾿ ἐν χερσὶ σκῆπτρον λάβε, καί οἱ ὄμοσσεν·

« Ἴστω νῦν Ζεὺς αὐτὸς, ἐρίγδουπος πόσις Ἥρης,

μὴ μὲν τοῖς ἵπποισιν ἀνὴρ ἐποχήσεται ἄλλος   330

Τρώων¹· ἀλλά σέ φημι διαμπερὲς ἀγλαϊεῖσθαι. »

Ὣς φάτο, καί ῥ᾿ ἐπίορκον ἐπώμοσε· τὸν δ᾿ ὀρόθυνεν.

Αὐτίκα δ᾿ ἀμφ᾿ ὤμοισιν ἐβάλλετο καμπύλα τόξα·

ἕσσατο δ᾿ ἔκτοσθεν ῥινὸν πολιοῖο λύκοιο,

κρατὶ δ᾿ ἐπὶ κτιδέην κυνέην· ἕλε δ᾿ ὀξὺν ἄκοντα·   335

βῆ δ᾿ ἰέναι προτὶ νῆας ἀπὸ στρατοῦ. Οὐδ᾿ ἄρ᾿ ἔμελλεν

ἐλθὼν ἐκ νηῶν ἂψ Ἕκτορι μῦθον ἀποίσειν.

Ἀλλ᾿ ὅτε δή ῥ᾿ ἵππων τε καὶ ἀνδρῶν κάλλιφ᾿ ὅμιλον ,

βῆ ῥ᾿ ἀν᾿ ὁδὸν μεμαώς· τὸν δὲ φράσατο προσιόντα

qu'au vaisseau d'Agamemnon , où doivent s'assembler les chefs pour délibérer et résoudre la retraite ou la guerre. »

Il dit. Hector prit son sceptre en main , et prononça ce serment : « J'en atteste Jupiter lui-même, l'époux de Junon, à la foudre retentissante, jamais un autre Troyen ne sera porté par ces chevaux, et, je le déclare, c'est un bien qui t'appartient désormais! »

Il dit, et ce serment ne devait pas se réaliser. Il encouragea pourtant le guerrier. Aussitôt Dolon met sur ses épaules un arc recourbé et se revêt de la peau d'un loup blanc; il couvre sa tête d'un casque de peau de belette, saisit sa lance aiguë et s'éloigne de l'armée pour se rendre vers les vaisseaux. Il ne devait pas revenir pour rendre réponse à Hector. Lorsqu'il fut loin de la foule des hommes et des

νῆα Ἀγαμεμνονέην,	au vaisseau d'Agamemnon,
ὅθι που ἄριστοι	où sans doute les plus braves
μέλλουσι βουλεύειν βουλὰς,	doivent agiter les projets,
ἢ φευγέμεν,	ou de fuir,
ἠὲ μάχεσθαι. »	ou de combattre. »
Φάτο ὥς·	Il dit ainsi :
ὁ δὲ λάβε σκῆπτρον ἐν χερσὶ,	et lui prit le sceptre en mains,
καὶ ὄμοσσέν οἱ·	et jura à lui :
« Ζεὺς αὐτὸς,	« Que Jupiter même,
πόσις ἐρίγδουπος Ἥρης,	époux tonnant de Junon,
ἴστω νῦν,	le sache maintenant,
ἀνὴρ ἄλλος μὲν Τρώων	un homme autre des Troyens
μὴ ἐποχήσεται	ne sera pas traîné
τοῖς ἵπποισιν·	par ces chevaux ;
ἀλλά φημί σε	mais je dis toi
ἀγλαΐεσθαι διαμπερές. »	devoir en jouir toujours. »
Φάτο ὥς,	Il dit ainsi,
καί ῥα ἐπώμοσεν ἐπίορκον·	et donc il jura-sur un parjure ;
ὄρθυνε δὲ τόν.	puis il excita lui.
Αὐτίκα δὲ ἐβάλλετο	Or aussitôt il se jeta
ἀμφὶ ὤμοισι	autour des épaules
τόξα καμπύλα·	un arc recourbé ;
ἔσσατο δὲ ἔκτοσθε	et il se revêtit extérieurement
ῥινὸν λύκοιο πολιοῖο,	de la peau d'un loup blanc,
ἐπὶ δὲ κρατὶ	et sur la tête
κυνέην κτιδέην·	d'un casque de-peau-de-fouine :
ἕλε δὲ ἄκοντα ὀξύν·	et il prit un javelot aigu ;
βῆ δὲ ἰέναι	et il marcha pour aller
προτὶ νῆας	vers les vaisseaux
ἀπὸ στρατοῦ.	loin de l'armée.
Οὐδὲ ἔμελλεν ἄρα	Mais il ne devait pas certes
ἐλθὼν ἐκ νηῶν	étant venu des vaisseaux
ἀποίσειν ἂψ	rapporter en arrière
μῦθον Ἕκτορι.	un discours (réponse) à Hector.
Ἀλλὰ ὅτε δή ῥα	Mais lorsque certes déjà
κάλλιπεν ὅμιλον	il laissa la foule
ἵππων τε καὶ ἀνδρῶν,	et des chevaux et des hommes,
βῆ ῥα μεμαὼς	il marcha certes plein-d'ardeur
ἀνὰ ὁδόν·	le long du chemin ;
Ὀδυσεὺς δὲ Διογενὴς	mais Ulysse issu-de-Jupiter

Διογενὴς Ὀδυσεὺς, Διομήδεα δὲ προσέειπεν·   340

  « Οὗτός τοι, Διόμηδες, ἀπὸ στρατοῦ ἔρχεται ἀνὴρ,
οὐκ οἶδ' ἢ νήεσσιν ἐπίσκοπος ἡμετέρῃσιν,
ἤ τινα συλήσων νεκύων κατατεθνηώτων.
Ἀλλ' ἐῶμέν μιν πρῶτα παρεξελθεῖν πεδίοιο
τυτθόν· ἔπειτα δέ κ' αὐτὸν ἐπαΐξαντες ἕλοιμεν   345
καρπαλίμως· εἰ δ' ἄμμε παραφθαίῃσι πόδεσσιν,
αἰεί μιν ποτὶ νῆας ἀπὸ στρατόφι προτιειλεῖν,
ἔγχει ἐπαΐσσων, μήπως προτὶ ἄστυ ἀλύξῃ. »

  Ὣς ἄρα φωνήσαντε, παρὲξ ὁδοῦ ἐν νεκύεσσι
κλινθήτην· ὁ δ' ἄρ' ὦκα παρέδραμεν ἀφραδίῃσιν.   350
Ἀλλ' ὅτε δή ῥ' ἀπέην ὅσσον τ' ἐπίουρα πέλονται
ἡμιόνων (αἱ γάρ τε βοῶν προφερέστεραί εἰσιν
ἑλκέμεναι νειοῖο βαθείης πηκτὸν ἄροτρον),
τὼ μὲν ἐπεδραμέτην· ὁ δ' ἄρ' ἔστη δοῦπον ἀκούσας·
ἔλπετο γὰρ κατὰ θυμὸν, ἀποστρέψοντας ἑταίρους   355

chevaux, il se mit en marche, plein d'ardeur. Le divin Ulysse l'aper-
çut de loin, et dit à Diomède :

« Cet homme, Diomède, vient certainement de l'armée des
Troyens : je ne sais si c'est pour reconnaître nos vaisseaux, ou pour
dépouiller les cadavres des morts. Mais laissons-le d'abord nous dé-
passer et s'avancer un peu dans la plaine, et puis, nous élançant sur
lui, nous le saisirons à l'improviste. S'il nous devance à la course,
pousse-le toujours, en le pressant de ta lance, vers nos vaisseaux et
loin de son camp, afin qu'il ne se réfugie pas dans la ville. »

Tout en parlant ainsi, ils se couchent parmi les morts, en dehors
du chemin, et, dans son imprévoyance, Dolon passe devant eux.
Mais à peine se fut-il éloigné de la distance que parcourt un sillon tracé
par des mules (les mules sont plus promptes à traîner la pesante
charrue dans un terrain fertile), que Diomède et Ulysse se mirent à
sa poursuite. Au bruit de leurs pas, Dolon s'arrête. Il se flatte dans
son cœur que ce sont ses compagnons qui viennent du camp des
Troyens le rappeler d'après l'ordre d'Hector. Mais quand ils ne furent

φράσατο τὸν προσιόντα,	aperçut lui s'avançant,
προσέειπε δὲ Διομήδεα·	et dit-à Diomède :
« Οὗτος ἀνὴρ,	« Cet homme ,
Διόμηδες,	Diomède ,
ἔρχεταί τοι ἀπὸ στρατοῦ,	vient certes de l'armée ,
οὐκ οἶδα ἢ ἐπίσκοπος	je ne sais si c'est en espion
ἡμετέρῃσι νήεσσιν,	pour nos vaisseaux
ἢ συλήσων τινὰ	ou devant dépouiller quelqu'un
νεκύων κατατεθνηώτων.	des corps ayant péri.
Ἀλλὰ ἐῶμέν μιν πρῶτα	Mais laissons lui d'abord
παρεξελθεῖν πεδίοιο τυτθόν·	nous dépasser-par la plaine un peu ;
ἔπειτα δὲ ἐπαΐξαντες	et ensuite nous étant élancés
ἑλοιμέν κεν αὐτὸν	nous pourrons-prendre lui
καρπαλίμως·	sur-le-champ ;
εἰ δὲ παραφθαίῃσιν ἄμμε	et si il devançait nous
πόδεσσι,	par les pieds (à la course),
προτιειλεῖν μιν αἰεὶ	il faut pousser lui toujours
ἀπὸ στρατόφι	loin de l'armée troyenne
ποτὶ νῆας,	vers les vaisseaux ,
ἐπαΐσσων ἔγχει,	t'élançant-sur lui avec ta lance,
μήπως ἀλύξῃ	de peur qu'il ne fuie
προτὶ ἄστυ. »	vers la ville. »
Φωνήσαντε ἄρα ὥς,	Ayant parlé donc ainsi ,
κλινθήτην	ils se couchèrent
παρὲξ ὁδοῦ	à-côté-de la route
ἐν νεκύεσσιν·	parmi les cadavres ;
ὁ δὲ ἄρα παρέδραμεν ὦκα	celui-ci donc passa-au-delà vite
ἀφραδίῃσιν.	avec imprudence.
Ἀλλὰ ὅτε δή ῥα	Mais lorsque déjà certes
ἀπέην ὅσσον τε πέλονται	il fut éloigné autant-que le sont
ἐπίουρα ἡμιόνων	des sillons de mules
(αἱ γάρ τέ εἰσι	(car celles-ci sont
προφερέστεραι βοῶν	préférables aux bœufs
ἑλκέμεναι ἄροτρον πηκτὸν	pour traîner une charrue solide
νειοῖο βαθείης),	sur un labour profond),
τὼ μὲν ἐπεδραμέτην·	ceux-ci accoururent-tous-les-deux ;
ὁ δὲ ἄρα ἔστη	et lui donc s'arrêta
ἀκούσας δοῦπον·	ayant entendu du bruit ;
ἔλπετο γὰρ κατὰ θυμὸν,	car il espérait dans son cœur,
ἑταίρους ἀποστρέψοντας	des compagnons devant le rappeler

ἐκ Τρώων ἰέναι, πάλιν Ἕκτορος ὀτρύναντος.

Ἀλλ' ὅτε δή ῥ' ἄπεσαν δουρηνεκὲς, ἢ καὶ ἔλασσον,

γνῶ ῥ' ἄνδρας δηΐους, λαιψηρὰ δὲ γούνατ' ἐνώμα

φευγέμεναι·· τοὶ δ' αἶψα διώκειν ὡρμήθησαν.

Ὡς δ' ὅτε καρχαρόδοντε δύω κύνε, εἰδότε θήρης,   360

ἢ κεμάδ' ἠὲ λαγωὸν ἐπείγετον ἐμμενὲς αἰεὶ

χῶρον ἀν' ὑλήενθ', ὁ δέ τε προθέῃσι μεμηκώς·

ὣς τὸν Τυδείδης ἠδὲ πτολίπορθος Ὀδυσσεὺς,

λαοῦ ἀποτμήξαντε, διώκετον ἐμμενὲς αἰεί.

Ἀλλ' ὅτε δὴ τάχ' ἔμελλε μιγήσεσθαι φυλάκεσσι,   365

φεύγων ἐς νῆας, τότε δὴ μένος ἔμβαλ' Ἀθήνη

Τυδείδῃ, ἵνα μή τις Ἀχαιῶν χαλκοχιτώνων

φθαίη ἐπευξάμενος βαλέειν, ὁ δὲ δεύτερος ἔλθοι.

Δουρὶ δ' ἐπαΐσσων προσέφη κρατερὸς Διομήδης·

« Ἠὲ μέν', ἠέ σε δουρὶ κιχήσομαι· οὐδέ σέ φημι   370

δηρὸν ἐμῆς ἀπὸ χειρὸς ἀλύξειν αἰπὺν ὄλεθρον. »

plus qu'à une portée de javelot tout au plus, il reconnut des ennemis et se mit à fuir d'une course rapide. Les deux héros s'élancent à sa poursuite. Comme deux chiens aux dents aiguës, exercés à la chasse, poursuivent avec une ardeur infatigable un chevreau ou un lièvre qui les devance à travers les bois en poussant des cris d'effroi: ainsi le fils de Tydée et Ulysse qui ravage les cités, tout en séparant Dolon des siens, le poursuivent avec acharnement. Il allait se jeter au milieu des gardes en fuyant toujours vers les vaisseaux, lorsque Minerve inspira au fils de Tydée une ardeur nouvelle, afin que personne des Grecs ne pût se vanter de l'avoir prévenu et d'avoir porté le premier coup. Le valeureux Diomède, le menaçant de sa lance, lui dit donc enfin:

« Arrête ou je te frappe de ma lance, et je te promets que tu n'échapperas pas longtemps à mes mains et à une mort certaine! »

ἰέναι ἐκ Τρώων,	venir de la part des Troyens,
Ἕκτορος ὀτρύναντος πάλιν.	Hector *l'*ayant ordonné derechef.
Ἀλλὰ ὅτε δή ῥα	Mais lorsque déjà certes [trait,
ἄπεσαν δουρηνεκὲς,	ils furent-distants d'une-portée-de-
ἢ καὶ ἔλασσον,	ou même moins,
γνῶ ῥα ἄνδρας δηίους,	il reconnut des hommes ennemis,
ἐνώμα δὲ γούνατα λαιψηρὰ	et fit-mouvoir *ses* genoux rapides
φευγέμεναι·	*pour* fuir;
τοὶ δὲ ὡρμήθησαν αἶψα	mais eux s'élancèrent aussitôt
διώκειν.	*pour le* poursuivre.
Ὡς δὲ ὅτε δύω κύνε	Or comme lorsque deux chiens
καρχαρόδοντε,	armés-de-dents-aiguës,
εἰδότε θήρης,	habiles à la chasse,
ἐπείγετον ἐμμενὲς αἰεὶ	poursuivent constamment toujours
ἀνὰ χῶρον ὑλήεντα	par un terrain boisé
ἢ κεμάδα ἠὲ λαγωὸν,	ou un chevreau ou un lièvre,
ὁ δέ τε προθέῃσι μεμηκώς·	et celui-ci court-devant bêlant :
ὣς Τυδείδης	ainsi le fils-de-Tydée
ἠδὲ Ὀδυσσεὺς πτολίπορθος,	et Ulysse destructeur-des-villes,
ἀποτμήξαντε τὸν λαοῦ,	ayant séparé lui de l'armée *troyenne,*
διώκετον τὸν	poursuivaient lui
ἐμμενὲς αἰεί.	constamment toujours.
Ἀλλὰ ὅτε δὴ ἔμελλε τάχα	Mais lorsque certes il allait bientôt
μιγήσεσθαι φυλάκεσσι,	se mêler aux gardes,
φεύγων ἐς νῆας,	fuyant vers les vaisseaux,
τότε δὴ Ἀθήνη	alors certes Minerve
ἔμβαλε μένος Τυδείδῃ,	jeta de la force au fils-de-Tydée,
ἵνα μήτις Ἀχαιῶν	afin que personne des Achéens
χαλκοχιτώνων	à-la-tunique-d'airain
φθαίη ἐπευξάμενος	ne *le* devançât se vantant
βαλέειν,	de *l'*avoir frappé,
ὁ δὲ ἔλθοι δεύτερος.	et *que* lui *n'*arrivât *pas* le second.
Διομήδης δὲ κρατερὸς	Or Diomède puissant
ἐπαΐσσων δουρὶ	s'élançant-sur *lui* avec la lance
προσέφη·	dit-à *lui :*
« Ἠὲ μένε,	« Ou demeure,
ἠὲ κιχήσομαί σε δουρί·	ou j'atteindrai toi avec la lance;
οὐδέ φημί σε ἀλύξειν	et je nie toi devoir échapper
δηρὸν ἀπὸ ἐμῆς χειρὸς	longtemps loin de ma main
ὄλεθρον αἰπύν. »	à une mort épouvantable. »

Ἦ ῥα, καὶ ἔγχος ἀφῆκεν, ἑκὼν δ' ἡμάρτανε φωτός·
δεξιτερὸν δ' ὑπὲρ ὦμον ἐΰξου δουρὸς ἀκωκὴ
ἐν γαίῃ ἐπάγη. Ὁ δ' ἄρ' ἔστη[1], τάρβησέν τε,
βαμβαίνων (ἄραβος δὲ διὰ στόμα γίγνετ' ὀδόντων),   375
χλωρὸς ὑπαὶ δείους· τὼ δ' ἀσθμαίνοντε κιχήτην,
χειρῶν δ' ἀψάσθην. Ὁ δὲ δακρύσας ἔπος ηὔδα·

« Ζωγρεῖτ', αὐτὰρ ἐγὼν ἐμὲ λύσομαι. Ἔστι γὰρ ἔνδον
χαλκός τε, χρυσός τε, πολύκμητός τε σίδηρος·
τῶν κ' ὕμμιν χαρίσαιτο πατὴρ ἀπερείσι' ἄποινα,   380
εἴ κεν ἐμὲ ζωὸν πεπύθοιτ' ἐπὶ νηυσὶν Ἀχαιῶν. »

Τὸν δ' ἀπαμειβόμενος προσέφη[2] πολύμητις Ὀδυσσεύς·
« Θάρσει, μηδέ τί τοι θάνατος καταθύμιος ἔστω·
ἀλλ' ἄγε, μοὶ τόδε εἰπὲ καὶ ἀτρεκέως κατάλεξον·
πῇ δ' οὕτως ἐπὶ νῆας ἀπὸ στρατοῦ ἔρχεαι οἶος   385
νύκτα δι' ὀρφναίην, ὅτε θ' εὕδουσι βροτοὶ ἄλλοι;

Il dit, et, lançant le javelot, il manque à dessein le but. La pointe
acérée du fer passe par-dessus l'épaule droite du fuyard et s'enfonce
dans le sol. Dolon s'arrête tout tremblant : ses dents claquent et
s'entre-choquent dans sa bouche; il devient pâle de terreur. Ceux qui
le poursuivent l'atteignent enfin, tous deux hors d'haleine, et le sai-
sissent. Alors il leur dit en pleurant :

« Laissez-moi la vie; je me rachèterai : j'ai chez moi de l'airain,
de l'or et du fer travaillé à grands frais, et mon père vous payera une
riche rançon, s'il apprend que je suis encore en vie près des vaisseaux des Grecs. »

L'ingénieux Ulysse lui répond : « Sois tranquille, et que la crainte
de la mort ne te trouble pas; mais parle et réponds-nous franche-
ment... Dans quel but te diriges-tu ainsi seul vers les vaisseaux, loin
de l'armée des Troyens, à travers la nuit obscure, et quand tous les
autres mortels reposent? Est-ce dans l'intention de dépouiller les

Ἦ ῥα,

καὶ ἀφῆκεν ἔγχος,

ἡμάρτανε δὲ ϛωτὸς ἑκών·

ἀκωκὴ δὲ δουρὸς ἐΰξου

ἐπάγη ἐν γαίῃ

ὑπὲρ ὦμον δεξιτερόν.

Ὁ δὲ ἄρα ἔστη,

τάρβησέ τε βαμβαίνων

(ἄραβος δὲ ὀδόντων

γίγνετο διὰ στόμα),

χλωρὸς ὑπαὶ δείους·

τὼ δὲ ἀσθμαίνοντε

κιχήτην,

ἀψάσθην δὲ χειρῶν.

Ὁ δὲ δακρύσας

ηὔδα ἔπος·

« Ζωγρεῖτε,

αὐτὰρ ἐγὼν λύσομαι ἐμέ.

Ἔστι γὰρ ἔνδον

χαλκός τε χρυσός τε

σίδηρός τε πολύκμητος·

τῶν πατὴρ

χαρίσαιτό κεν ὔμμιν

ἄποινα ἀπερείσια,

εἴ κε πεπύθοιτο

ἐμὲ ζωὸν

ἐπὶ νηυσὶν Ἀχαιῶν. »

Ὀδυσσεὺς δὲ πολύμητις

ἀπαμειβόμενος προσέφη τόν·

« Θάρσει,

μηδὲ θάνατος ἔστω τι

καταθύμιός τοι·

ἀλλὰ ἄγε,

εἰπέ μοι τόδε

καὶ κατάλεξον ἀτρεκέως·

πῇ δὲ ἔρχεαι οὕτως οἶος

ἐπὶ νῆας

ἀπὸ στρατοῦ

διὰ νύκτα ὀρφναίην,

ὅτε τε ἄλλοι βροτοὶ εὕδουσιν;

Il dit donc,

et lança le javelot,

mais il manqua l'homme à-dessein;

et la pointe de la lance aiguisée

s'enfonça en terre

passant par-dessus l'épaule droite.

Et lui certes s'arrêta,

et trembla claquant-des-dents

(et un bruit de dents

eut lieu dans *sa* bouche),

pâle de frayeur;

ceux-ci essoufflés-tous-les-deux

l'atteignirent,

et *lui* saisirent les mains.

Et lui pleurant

dit *cette* parole :

« Prenez-*moi*-vivant,

et moi je rachèterai moi.

Car il est dans *ma maison*

et de l'airain et de l'or

et du fer bien-travaillé;

desquelles-choses *mon* père

donnerait-volontiers à vous

une rançon immense,

s'il apprenait

moi *être* vivant

sur les vaisseaux des Achéens. »

Mais Ulysse fertile-en-ruses

répondant dit-à lui :

« Rassure-toi,

et que la mort ne soit en rien

présente-à-l'esprit à toi;

mais va,

dis à moi ceci

et détaille-*moi* exactement :

où vas-tu donc ainsi seul

vers les vaisseaux

loin de l'armée

à travers la nuit ténébreuse,

et quand les autres mortels dorment?

Ἢ τινα συλήσων νεκύων κατατεθνηώτων ;
Ἦ σ' Ἕκτωρ προέηκε διασκοπιᾶσθαι ἕκαστα
νῆας ἔπι γλαφυράς ; Ἦ σ' αὐτὸν θυμὸς ἀνῆκε ; »

    Τὸν δ' ἠμείβετ' ἔπειτα Δόλων· ὑπὸ δ' ἔτρεμε γυῖα·   390
« Πολλῆσίν μ' ἄτῃσι παρὲκ νόον ἤγαγεν Ἕκτωρ[1],
ὅς μοι Πηλείωνος ἀγαυοῦ μώνυχας ἵππους
δωσέμεναι κατένευσε καὶ ἅρματα ποικίλα χαλκῷ·
ἠνώγει δέ μ' ἰόντα θοὴν διὰ νύκτα μέλαιναν,
ἀνδρῶν δυσμενέων σχεδὸν ἐλθέμεν, ἔκ τε πυθέσθαι   395
ἠὲ φυλάσσονται νῆες θοαί, ὡς τοπάρος περ,
ἢ ἤδη χείρεσσιν ὑφ' ἡμετέρῃσι δαμέντες,
φύξιν βουλεύοιτε μετὰ σφίσιν, οὐδ' ἐθέλοιτε
νύκτα φυλασσέμεναι, καμάτῳ ἀδδηκότες αἰνῷ. »

    Τὸν δ' ἐπιμειδήσας προσέφη πολύμητις Ὀδυσσεύς·   400
« Ἦ ῥά νύ τοι μεγάλων δώρων[2] ἐπεμαίετο θυμὸς,
ἵππων Αἰακίδαο δαΐφρονος ! Οἱ δ' ἀλεγεινοὶ
ἀνδράσι γε θνητοῖσι δαμήμεναι, ἠδ' ὀχέεσθαι,
ἄλλῳ γ' ἢ Ἀχιλῆϊ, τὸν ἀθανάτη τέκε μήτηρ.

cadavres des morts? Ou bien est-ce Hector qui t'a envoyé pour observer tout vers les vaisseaux creux? Y es-tu venu de toi-même? »

    Dolon lui répond alors, en tremblant de tous ses membres : « C'est
Hector qui, pour mon malheur, m'a séduit en me promettant de me
donner les agiles coursiers de l'illustre fils de Pélée, ainsi que son
char étincelant d'airain. Il m'a chargé de me rendre à travers l'ombre
de la nuit au cours rapide vers le camp des ennemis, et de reconnaître si leurs vaisseaux rapides sont gardés comme auparavant, ou
si, vaincus par nos mains, vous songez à la retraite, et renoncez à
vous garder pendant la nuit, accablés que vous êtes par tant de
fatigues. »

    L'ingénieux Ulysse lui dit en souriant : « Certes, ton cœur se flattait
d'obtenir un prix magnifique, quand tu prétendais aux chevaux du
belliqueux petits-fils d'Éaque. Mais ils ne se laisseraient pas aisé-
ment dompter et conduire par un autre mortel qu'Achille, qui doit

'Η συλήσων τινὰ
νεκύων κατατεθνηώτων;
'Η Έκτωρ προέηκέ σε
διασκοπιᾶσθαι ἕκαστα
ἐπὶ νῆας γλαφυράς;
'Η θυμὸς ἀνῆκέ σε αὐτόν; »
  'Έπειτα δὲ Δόλων
ἠμείδετο τόν·
γυῖα δὲ ἔτρεμεν ὑπό·
« Έκτωρ ἤγαγέ με
παρὲκ νόον
ἄτῃσι πολλῇσιν,
ὅς κατένευσε δωσέμεναί μοι
ἵππους μώνυχας
Πηλείωνος ἀγαυοῦ
καὶ ἅρματα ποικίλα χαλκῷ·
ἠνώγει δέ με ἰόντα
διὰ νύκτα μέλαιναν θοὴν
ἐλθέμεν σχεδὸν
ἀνδρῶν δυσμενέων,
ἐκπυθέσθαι τε
ἠὲ νῆες θοαὶ φυλάσσονται,
ὡς τοπάρος περ,
ἢ δαμέντες ἤδη
ὑπὸ ἡμετέρῃσι χείρεσσι,
βουλεύοιτε φύξιν μετὰ σφίσιν,
οὐδὲ ἐθέλοιτε
φυλασσέμεναι νύκτα,
ἀδδηκότες καμάτῳ αἰνῷ. »
  'Οδυσσεὺς δὲ πολύμητις
προσέφη τὸν ἐπιμειδήσας·
« 'Η ῥά νυ θυμός τοι
ἐπεμαίετο δώρων μεγάλων,
ἵππων Αἰακίδαο
δαίφρονος!
Οἱ δὲ ἀλεγεινοὶ
ἀνδράσι γε θνητοῖσι
δαμήμεναι ἠδὲ ὀχέεσθαι,
ἄλλῳ γε ἢ Ἀχιλῆϊ,
τὸν τέκε μήτηρ ἀθανάτη.

Ou devant dépouiller quelqu'un
des corps ayant péri?
Ou Hector a-t-il envoyé toi
observer chaque-chose
vers les vaisseaux creux?   [me? »
Ou *ton* cœur y a-t-il poussé toi-mê-
   Or ensuite Dolon
répondit à lui ;   [sous
et *ses* membres tremblaient en-des-
« Hector a conduit moi
sans raison (follement)
dans des malheurs nombreux,
lequel consentit devoir donner à moi
les chevaux au-sabot-non-fendu
du fils-de-Pélée excellent
et *son* char varié par l'airain;
et il ordonna moi allant
à travers la nuit noire rapide
venir près
des hommes ennemis,
et de m'informer
si les vaisseaux rapides sont gardés,
comme auparavant du moins,
ou *si* ayant été domptés déjà
par nos mains,
vous méditez la fuite entre vous,
et ne voulez pas
vous garder la nuit,
épuisés par la fatigue terrible. »
   Or Ulysse fertile-en-ruses
dit-à-lui en souriant :
« Certes donc déjà le cœur à toi
visait à des présents grands,
aux chevaux du descendant-d'Eaque
belliqueux !
Mais ceux-ci *seront* difficiles
aux hommes du moins mortels
à être domptés et à être montés,
pour un autre du moins que Achille,
lequel enfanta une mère immortelle.

Ἀλλ' ἄγε, μοὶ τόδε εἰπὲ καὶ ἀτρεκέως κατάλεξον·   405
ποῦ νῦν δεῦρο κιὼν λίπες Ἕκτορα, ποιμένα λαῶν ;
Ποῦ δέ οἱ ἔντεα κεῖται Ἀρήϊα, ποῦ δέ οἱ ἵπποι ;
πῶς δ' αἱ τῶν ἄλλων Τρώων φυλακαί τε καὶ εὐναί; »
[Ἄσσα τε μητιόωσι μετὰ σφίσιν· ἢ μεμάασιν
αὖθι μένειν παρὰ νηυσὶν ἀπόπροθεν, ἠὲ πόλινδε   410
ἂψ ἀναχωρήσουσιν, ἐπεὶ δαμάσαντό γ' Ἀχαιούς ;]

   Τὸν δ' αὖτε προσέειπε Δόλων, Εὐμήδεος υἱός·
« Τοιγὰρ ἐγώ τοι ταῦτα μάλ' ἀτρεκέως καταλέξω.
Ἕκτωρ μὲν μετὰ τοῖσιν, ὅσοι βουληφόροι εἰσὶ,
βουλὰς βουλεύει θείου παρὰ σήματι Ἴλου,   415
νόσφιν ἀπὸ φλοίσβου· φυλακὰς δ' ἃς εἴρεαι, ἥρως,
οὔτις κεκριμένη ῥύεται στρατὸν, οὐδὲ φυλάσσει.
Ὅσσαι μὲν Τρώων πυρὸς ἐσχάραι, οἷσιν ἀνάγκη,
οἱ δ' ἐγρηγόρθασι, φυλασσέμεναί τε κέλονται
ἀλλήλοις. Ἀτὰρ αὖτε πολύκλητοι ἐπίκουροι   420

le jour à une mère immortelle. Dis-moi donc encore, et parle-nous
sans feinte : de quel côté as-tu laissé, tout à l'heure en venant ici,
Hector, pasteur des peuples? Où sont ses armes redoutables? Où
sont ses chevaux? Comment sont disposées les gardes et les tentes
des autres Troyens? Quelles sont leurs intentions? Songent-ils à rester campés non loin de nos vaisseaux, ou bien à se retirer dans leur
ville après avoir vaincu les Grecs? »

   Dolon, fils d'Eumède, lui répondit alors : « Je vais donc, sans rien
déguiser, vous donner tous ces détails. Hector, au milieu de son
conseil, délibère avec les chefs près du tombeau du divin Ilus,
loin du tumulte des armes. Quant aux gardes dont tu parles,
illustre héros, on n'en a point désigné pour protéger l'armée et
veiller sur elle. Pourtant des guerriers, qui sont chargés de ce soin,
veillent autour de chacun des feux des Troyens, et s'exhortent entre
eux à faire bonne garde. Mais les auxiliaires, qui sont venus de loin

Ἀλλὰ ἄγε, εἰπέ μοι τόδε,	Mais va, dis à moi ceci
καὶ κατάλεξον ἀτρεκέως·	et détaille-*le-moi* exactement :
ποῦ νῦν κιὼν δεῦρο	où maintenant venant ici
λίπες Ἕκτορα,	laissas-tu Hector,
ποιμένα λαῶν;	pasteur des peuples?
Ποῦ δὲ ἔντεα Ἀρήϊα	Et où *ses* armes Martiales
κεῖταί οἱ,	gisent-elles à lui,
ποῦ δὲ ἵπποι οἱ;	et où *sont* les chevaux à lui?
πῶς δὲ αἱ φυλακαί τε	et comment *sont* et les gardes
καὶ εὐναὶ τῶν ἄλλων Τρώων;	et les quartiers des autres Troyens?
[Ἄσσα τε μητιόωσι	[Et *dis* les choses-que ils méditent
μετὰ σφίσιν·	entre eux;
ἢ μεμάασι μένειν αὖθι	*si* ou ils désirent rester ici
παρὰ νηυσὶν ἀπόπροθεν,	près des vaisseaux à distance,
ἠὲ ἀναχωρήσουσιν ἂψ	ou ils se retireront en arrière
πόλινδε,	vers-la-ville,
ἐπεὶ δαμάσαντό γε	après que ils ont dompté du moins
Ἀχαιούς;] »	les Achéens? »]
Δόλων δὲ, υἱὸς Εὐμήδεος,	Or Dolon, fils d'Eumède,
προσέειπε τὸν αὖτε·	dit-à lui en retour :
« Τοιγὰρ ἐγὼ καταλέξω τοι	« Donc moi je détaillerai à toi
ταῦτα μάλα ἀτρεκέως.	ces-choses très exactement.
Ἕκτωρ μὲν μετὰ τοῖσιν	Hector d'un côté parmi ceux
ὅσοι εἰσὶ βουληφόροι,	qui sont porte-conseils,
βουλεύει βουλὰς	délibère-sur les partis *à prendre*
παρὰ σήματι Ἴλου θείου,	près du tombeau d'Ilus divin,
νόσφιν ἀπὸ φλοίσβου·	à l'écart loin du bruit;
φυλακὰς δὲ	*quant* aux gardes
ἃς εἴρεαι, ἥρως,	dont tu parles, héros,
οὔτις κεκριμένη	aucune ayant été désignée
ῥύεται στρατὸν,	*ne* protége l'armée,
οὐδὲ φυλάσσει.	ni ne *la* garde.
Ὅσσαι μὲν	Autant-que à la vérité il y a
ἐσχάραι πυρὸς Τρώων,	de foyers de feu des Troyens,
οἷσιν ἀνάγκη,	*ceux* pour lesquels *il y a* nécessité
οἱ δὲ ἐγρηγόρθασι,	ceux-là veillent,
κέλονταί τε ἀλλήλοι,	et s'exhortent les-uns-les-autres
φυλασσέμεναι.	à *se* garder.
Ἀτὰρ αὖτε	Mais en-revanche
ἐπίκουροι πολύκλητοι	les alliés appelés-de-divers-pays

εὕδουσι· Τρωσὶν γὰρ ἐπιτραπέουσι φυλάσσειν·
οὐ γάρ σφιν παῖδες σχεδὸν εἴαται, οὐδὲ γυναῖκες. »

   Τὸν δ' ἀπαμειβόμενος προσέφη πολύμητις Ὀδυσσεύς·
« Πῶς γὰρ νῦν Τρώεσσι μεμιγμένοι ἱπποδάμοισιν
εὕδουσ', ἢ ἀπάνευθε ; Δίειπέ μοι, ὄφρα δαείω. »   425

   Τὸν δ' ἠμείβετ' ἔπειτα Δόλων, Εὐμήδεος υἱός·
« Τοιγὰρ ἐγὼ καὶ ταῦτα μάλ' ἀτρεκέως καταλέξω.
Πρὸς μὲν ἁλὸς Κᾶρες καὶ Παίονες ἀγκυλότοξοι,
καὶ Λέλεγες καὶ Καύκωνες, δῖοί τε Πελασγοί·
πρὸς Θύμβρης δ' ἔλαχον Λύκιοι, Μυσοί τ' ἀγέρωχοι,   430
καὶ Φρύγες ἱππόδαμοι καὶ Μήονες ἱπποκορυσταί.
Ἀλλὰ τίη ἐμὲ ταῦτα διεξερέεσθε ἕκαστα ;
Εἰ γὰρ δὴ μέματον Τρώων καταδῦναι ὅμιλον,
Θρήϊκες οἵδ' ἀπάνευθε νεήλυδες, ἔσχατοι ἄλλων·
ἐν δέ σφιν Ῥῆσος βασιλεὺς, παῖς Ἠϊονῆος.   435
Τοῦ δὴ καλλίστους ἵππους ἴδον ἠδὲ μεγίστους·

reposent tranquillement, et laissent aux Troyens le soin de veiller sur eux ; car ils n'ont là ni leurs enfants ni leurs femmes. »

   L'ingénieux Ulysse prend la parole et lui répond : « Et maintenant, dans quel ordre les alliés reposent-ils ? Sont-ils confondus avec les Troyens, ou en sont-ils séparés ? Dis, car je veux tout savoir. »

   Dolon, fils d'Eumède, reprend en ces mots : « Je vais tout expliquer exactement. Sur le rivage de la mer sont campés les Cariens et les Péoniens à l'arc recourbé, les Lélèges, les Caucons et les divins Pélasges. Du côté de Thymbrée, ce sont les Lyciens et les fiers Mysiens ; les Phrygiens, dompteurs de coursiers, et les Méoniens qui combattent à cheval. Mais pourquoi me demandez-vous tous ces détails ? Si vous êtes décidés à pénétrer dans l'armée des Troyens, les Thraces, nouvellement arrivés, se trouvent de ce côté, sur la ligne extrême du camp. Au milieu d'eux est le roi Rhésus, fils d'Éionée, qui a les chevaux les plus beaux et les plus grands que j'aie vus. Ils

εὕδουσιν·	dorment ;
ἐπιτραπέουσι γὰρ Τρωσὶ	car ils confient aux Troyens
φυλάσσειν·	*le soin* de faire-la-garde ;
οὐ παῖδες γὰρ οὐδὲ γυναῖκες	car ni *leurs* enfants ni *leurs* femmes
εἵαταί σφιν σχεδόν. »	ne demeurent à eux près. »
'Οδυσσεὺς δὲ πολύμητις	Or Ulysse fertile-en-ruses
ἀπαμειβόμενος προσέφη τόν·	répondant dit-à lui :
« Πῶς γὰρ νῦν εὕδουσι	«Et comment maintenant dorment-ils
μεμιγμένοι Τρώεσσιν	mêlés aux Troyens
ἱπποδάμοισιν,	dompteurs-de-chevaux ,
ἢ ἀπάνευθε ;	ou séparément ?
Δίειπέ μοι, ὄφρα δαείω. »	Dis-*le* à moi , afin que je *le* sache. »
'Έπειτα δὲ Δόλων,	Or ensuite Dolon,
υἱὸς Εὐμήδεος,	fils d'Eumède ,
ἠμείβετο τόν·	répondit à lui :
« Τοιγὰρ ἐγὼ καταλέξω καὶ	« Certes moi je détaillerai même
ταῦτα μάλα ἀτρεκέως.	ces-choses très exactement.
Πρὸς μὲν ἁλὸς	Du-côté-de la mer à la vérité
Κᾶρες	les Cariens
καὶ Παίονες ἀγκυλότοξοι,	et les Péoniens à-l'arc-recourbé ,
καὶ Λέλεγες καὶ Καύκωνες,	et les Lélèges et les Caucons ,
Πελασγοί τε δῖοι·	et les Pélasges divins ;
πρὸς Θύμβρης δὲ	et du-côté-de Thymbrée
Λύκιοι ἔλαχον,	les Lyciens furent placés-par-le-sort.
Μυσοί τε ἀγέρωχοι,	ainsi-que les Mysiens fiers ,
καὶ Φρύγες	et les Phrygiens
ἱππόδαμοι	dompteurs-de-chevaux
καὶ Μήονες ἱπποκορυσταί.	et les Méoniens combattant-à-cheval.
'Αλλὰ τίη	Mais pourquoi
διεξερέεσθε ἐμὲ	demandez-vous à moi
ταῦτα ἕκαστα ;	ces-choses en-détail ?
Εἰ γὰρ δὴ μέματον	Car si certes vous désirez
καταδῦναι ὅμιλον Τρώων,	pénétrer-dans la foule des Troyens ,
Θρήϊκες οἵδε ἀπάνευθε	les Thraces *sont* ceux-ci en arrière
νεήλυδες,	nouvellement-arrivés ,
ἔσχατοι ἄλλων·	les derniers des autres ;
ἐν δέ σφιν	et parmi eux *se trouve*
'Ρῆσος βασιλεύς, παῖς 'Ηϊονῆος.	Rhésus roi , fils d'Éionée.
'Ιδον δὴ ἵππους τοῦ	J'ai vu certes les chevaux de lui
καλλίστους ἠδὲ μεγίστους·	très-beaux et très-grands :

3.

λευκότεροι χιόνος, θείειν δ' ἀνέμοισιν ὁμοῖοι[1].
Ἅρμα δέ οἱ χρυσῷ τε καὶ ἀργύρῳ εὖ ἤσκηται·
τεύχεα δὲ χρύσεια, πελώρια, θαῦμα ἰδέσθαι,
ἤλυθ' ἔχων· τὰ μὲν οὔτι καταθνητοῖσιν ἔοικεν   440
ἄνδρεσσιν φορέειν, ἀλλ' ἀθανάτοισι θεοῖσιν.
Ἀλλ' ἐμὲ μὲν νῦν νηυσὶ πελάσσετον ὠκυπόροισιν,
ἢ ἐμὲ δήσαντες λίπετ' αὐτόθι νηλέϊ δεσμῷ,
ὄφρα κεν ἔλθητον, καὶ πειρηθῆτον ἐμεῖο,
ἢ ῥα κατ' αἶσαν ἔειπον ἐν ὑμῖν, ἠὲ καὶ οὐκί. »   445
   Τὸν δ' ἄρ' ὑπόδρα ἰδὼν προσέφη κρατερὸς Διομήδης·
« Μὴ δή μοι φύξιν γε, Δόλων, ἐμβάλλεο θυμῷ,
ἐσθλά περ ἀγγείλας, ἐπεὶ ἵκεο χεῖρας ἐς ἁμάς.
Εἰ μὲν γάρ κέ σε νῦν ἀπολύσομεν, ἠὲ μεθῶμεν,
ἦ τε καὶ ὕστερον εἶσθα θοὰς ἐπὶ νῆας Ἀχαιῶν,   450
ἠὲ διοπτεύσων, ἢ ἐναντίβιον πολεμίξων·

sont plus blancs que la neige et volent rapides comme les vents. Son
char est tout garni d'or et d'argent, et il est venu avec des armes où
l'or étincelle et dont le travail est merveilleux. Ce n'est point à de
simples mortels que convient une pareille armure, mais bien à des
dieux immortels. Conduisez-moi donc à présent vers vos vaisseaux
rapides, ou bien liez-moi et me laissez impitoyablement enchaîné ici,
afin d'aller vous assurer vous-mêmes de l'exactitude ou de la fausseté
de mes paroles. »

   Le terrible Diomède lui dit alors en lui lançant un regard farouche :
« Ne songe pas, Dolon, malgré les bons renseignements que tu nous
as donnés, à t'échapper, une fois que tu es tombé dans nos mains.
Si nous acceptions une rançon et te laissions aller, tu viendrais plus
tard vers les rapides vaisseaux des Grecs, soit pour nous espionner,
soit pour nous combattre ouvertement; tandis que si tu perds la vie

λευκότεροι χιόνος,	*ils sont* plus blancs que la neige,
ὅμοῖοι δὲ ἀνέμοισι	et semblables aux vents
θείειν.	*pour* courir.
Ἅρμα δὲ ἤσκηται εὖ οἱ	Et un char fut orné bien à lui
χρυσῷ τε καὶ ἀργύρῳ·	et d'or et d'argent ;
ἤλυθε δὲ ἔχων	or il est venu ayant
τεύχεα χρύσεια,	des armes d'-or,
πελώρια,	magnifiques,
θαῦμα ἰδέσθαι·	prodige à être vu ;
τὰ μὲν οὔτι ἔοικεν	lesquelles il ne convient nullement
ἄνδρεσσι καταθνητοῖσι	à des hommes mortels
φορέειν,	de porter,
ἀλλὰ θεοῖσιν ἀθανατοῖσιν.	mais à des dieux immortels.
Ἀλλὰ μὲν	Mais à la vérité
πελάσσετον ἐμὲ νῦν	approchez moi maintenant
νηυσὶν ὠκυπόροισιν,	des vaisseaux au-trajet-rapide,
ἢ λίπετε ἐμὲ αὐτόθι	ou laissez moi là-même
δήσαντες δεσμῷ νηλέῖ,	*m'*ayant lié d'un lien impitoyable,
ὄφρα κεν ἔλθητον,	afin que vous puissiez-aller,
καὶ πειρηθῆτον ἐμεῖο,	et *que* vous éprouviez moi,
ἤ ῥα ἔειπον	si donc j'ai parlé
κατὰ αἶσαν	selon la convenance
ἐν ὑμῖν,	parmi vous,
ἠὲ καὶ οὐκι. »	ou même *si* non. »
Διομήδης δὲ κρατερὸς	Mais Diomède puissant
ἰδὼν ἄρα τὸν ὑπόδρα	ayant regardé certes lui en dessous
προσέφη·	dit-à *lui* :
« Μὴ ἐμβάλλεο δή μοι θυμῷ	« Ne te mets pas certes dans l'esprit
φύξιν γε,	la fuite du moins,
Δόλων,	Dolon,
ἀγγείλας περ	quoique ayant annoncé
ἐσθλὰ,	de bonnes-choses,
ἐπεὶ ἵκεο ἐς ἁμὰς χεῖρας.	puisque tu es venu dans nos mains.
Εἰ μὲν γὰρ ἀπολύσομέν κεν,	Car si à la vérité nous délivrions,
ἠὲ μεθῶμέν σε νῦν,	ou renvoyions toi maintenant,
ἤ τε καὶ ὕστερον εἶσθα	certes et dans-la-suite tu viendrais
ἐπὶ νῆας θοὰς	vers les vaisseaux rapides
Ἀχαιῶν,	des Achéens
ἠὲ διοπτεύσων,	ou devant espionner,
ἢ πολεμίξων ἐναντίβιον·	ou devant combattre ouvertement·

εἰ δέ κ' ἐμῆς ὑπὸ χερσὶ δαμεὶς ἀπὸ θυμὸν ὀλέσσης,
οὐκέτ' ἔπειτα σὺ πῆμά ποτ' ἔσσεαι Ἀργείοισιν. »

  Ἦ, καὶ ὁ μέν μιν ἔμελλε γενείου χειρὶ παχείη
ἁψάμενος λίσσεσθαι· ὁ δ' αὐχένα μέσσον ἔλασσε,   455
φασγάνῳ ἀΐξας, ἀπὸ δ' ἄμφω κέρσε τένοντε·
φθεγγομένου δ' ἄρα τοῦγε κάρη κονίῃσιν ἐμίχθη [1].
Τοῦ δ' ἀπὸ μὲν κτιδέην κυνέην [2] κεφαλῆφιν ἕλοντο,
καὶ λυκέην, καὶ τόξα παλίντονα καὶ δόρυ μακρόν·
καὶ τάγ' Ἀθηναίῃ ληΐτιδι δῖος Ὀδυσσεὺς   460
ὑψόσ' ἀνέσχεθε χειρί, καὶ εὐχόμενος ἔπος ηὔδα·

  « Χαῖρε, θεά, τοῖσδεσσι· σὲ γὰρ πρώτην ἐν Ὀλύμπῳ
πάντων ἀθανάτων ἐπιβωσόμεθ'· ἀλλὰ καὶ αὖτις
πέμψον ἐπὶ Θρῃκῶν ἀνδρῶν ἵππους τε καὶ εὐνάς. »

  Ὣς ἄρ' ἐφώνησεν, καὶ ἀπὸ ἕθεν ὑψόσ' ἀείρας,   465
θῆκεν ἀνὰ μυρίκην· δέελον δ' ἐπὶ σῆμά τ' ἔθηκε,
συμμάρψας δόνακας μυρίκης τ' ἐριθηλέας ὄζους,

sous mes coups, tu ne saurais désormais faire le moindre mal aux
Grecs. »

Il dit. Dolon allait l'implorer en caressant de sa large main la barbe
du héros, quand Diomède, brandissant son épée, le frappe au milieu du cou et lui tranche les deux nerfs : le malheureux parlait encore, quand sa tête va rouler dans la poussière. Ses ennemis lui
arrachent de la tête son casque de peau de belette, la peau de loup,
l'arc à la corde frémissante et la longue lance dont il était armé. Le
divin Ulysse offre à Minerve, qui préside au butin, ces dépouilles
qu'il élève en l'air, et prononce cette prière :

« Salut, déesse : à toi cette offrande! De tous les dieux immortels
qui habitent l'Olympe, c'est toi que nous invoquerons la première;
mais continue de nous protéger en nous conduisant vers les chevaux
et les tentes des Thraces! »

Il parle ainsi, et soulevant les dépouilles du guerrier, il les fixe au
sommet d'un tamaris dont il rend l'aspect plus remarquable en for-
mant un faisceau de roseaux et de branches touffues, afin de recon-

εἰ δὲ δαμεὶς ὑπὸ ἐμῆς χερσὶν   mais si dompté par mes mains
ἀπολέσσῃς κε θυμὸν,   tu venais-à-perdre la vie,
σὺ οὐκέτι ἔσσεαί ποτε   toi tu ne serais plus jamais
πῆμα Ἀργείοισιν ἔπειτα. »   un fléau pour les Argiens ensuite. »
ˉΗ, καὶ ὁ μὲν ἔμελλε   Il dit, et celui-ci allait
λίσσεσθαί μιν   supplier lui
ἁψάμενος γενείου   ayant saisi *son* menton
χειρὶ παχείῃ·   de *sa* main épaisse;
ὁ δὲ ἔλασσεν   mais lui *le* frappa
αὐχένα μέσσον,   au cou au-milieu,
ἀΐξας φασγάνῳ,   s'étant élancé avec *son* épée,
ἀπόκερσε δὲ ἄμφω τένοντε·   et *lui* coupa les deux nerfs;
κάρη δὲ ἄρα   et la tête donc
τοῦγε φθεγγομένου   de celui-ci parlant *encore*
ἐμίχθη κονίῃσιν.   fut mêlée à la poussière.
Ἀφέλοντο δὲ κεφαλῆσι τοῦ   Or ils enlevèrent de la tête de lui
κυνέην μὲν κτιδέην,   et *son* casque de peau-de-belette,
καὶ λυκέην,   et *sa peau* de-loup,
καὶ τόξα παλίντονα   et *son* arc élastique
καὶ δόρυ μακρόν·   et *sa* lance longue;
καὶ Ὀδυσσεὺς δῖος   et Ulysse divin
ἀνέσχεθεν ὑψόσε χειρὶ   éleva en-l'air avec *sa* main
τάγε Ἀθηναίῃ   ces-choses à Minerve
ληΐτιδι,   qui-préside-au-butin,
καὶ εὐχόμενος ηὔδα ἔπος·   et *la* priant il dit *cette* parole
  « Χαῖρε, θεὰ,   « Réjouis-toi, déesse,
τοῖσδεσσιν·   de ces-choses;
ἐπιδωσόμεθα γάρ σε   car nous invoquerons toi
ἐν Ὀλύμπῳ   dans l'Olympe
πρώτην πάντων ἀθανάτων·   la première de tous les immortels :
ἀλλὰ καὶ αὖτις πέμψον   mais aussi en retour conduis-*nous*
ἐπὶ ἵππους τε καὶ εὐνὰς   vers et les chevaux et les quartiers
ἀνδρῶν Θρηκῶν. »   des hommes Thraces. »
  Ἐφώνησεν ἄρα ὧς,   Il parla donc ainsi,
καὶ ἀείρας   et ayant élevé *ces dépouilles*
ὑψόσε ἀπὸ ἕθεν,   en-l'air loin de lui-même,
θῆκεν ἀνὰ μυρίκην·   il *les* plaça sur un tamaris;
ἐπέθηκε δὲ σῆμά τε δέελον,   et y-ajouta un signe visible,
συμμάρψας δόνακας   ayant arraché les roseaux
ὄζους τε ἐριθηλέας μυρίκης,   et les rameaux touffus du tamaris,

μὴ λάθοι αὖτις ἰόντε θοὴν διὰ νύκτα μέλαιναν.
Τὼ δὲ βάτην προτέρω, διά τ' ἔντεα καὶ μέλαν αἷμα.
Αἶψα δ' ἐπὶ Θρηκῶν ἀνδρῶν τέλος ἷξον ἰόντες.   470
Οἱ δ' εὗδον καμάτῳ ἀδδηκότες, ἔντεα δέ σφι
καλὰ παρ' αὐτοῖσι χθονὶ κέκλιτο, εὖ κατὰ κόσμον,
τριστοιχί· παρὰ δέ σφιν ἑκάστῳ δίζυγες ἵπποι.
Ῥῆσος δ' ἐν μέσῳ εὗδε, παρ' αὐτῷ δ' ὠκέες ἵπποι[1]
ἐξ ἐπιδιφριάδος πυμάτης ἱμᾶσι δέδεντο.   475
Τὸν δ' Ὀδυσεὺς προπάροιθεν ἰδὼν, Διομήδεϊ δεῖξεν·

    « Οὗτός τοι, Διόμηδες, ἀνὴρ, οὗτοι δέ τοι ἵπποι
οὓς νῶϊν πίφαυσκε Δόλων, ὃν ἐπέφνομεν ἡμεῖς.
Ἀλλ' ἄγε δὴ, πρόφερε κρατερὸν μένος[2]· οὐδέ τί σε χρὴ
ἑστάμεναι μέλεον σὺν τεύχεσιν· ἀλλὰ λύ' ἵππους·   480
ἠὲ σύγ' ἄνδρας ἔναιρε, μελήσουσιν δ' ἐμοὶ ἵπποι. »

    Ὣς φάτο· τῷ δ' ἔμπνευσε μένος γλαυκῶπις Ἀθήνη·

naître la place à leur retour à travers l'obscurité de la nuit au cours
rapide. Les deux héros s'avancent alors à travers les armes et le sang
noir, et parviennent bientôt au quartier des Thraces. Ces guerriers
dormaient, vaincus par la fatigue, et, près d'eux, sur la terre, étaient
leurs belles armes, disposées avec ordre sur trois rangs. Chacun
d'eux avait près de lui ses deux coursiers. Rhésus dormait au milieu
des siens, et ses chevaux reposaient attachés par des courroies à
l'extrémité de son char. Ulysse, l'apercevant le premier, le montre
à Diomède :

    « C'est là le guerrier, Diomède, ce sont là les chevaux que nous a
signalés Dolon, qui vient de succomber sous nos coups. Allons,
appelle à toi toute ta valeur ! Ce n'est pas le moment de rester dans
l'inaction avec tes armes. Détache les chevaux, ou bien tue les ennemis, et moi, je me charge des chevaux. »

    Il dit, et Minerve aux yeux bleus inspire à Diomède une ardeur nou-

μὴ λάθοι	de peur que elles n'échappassent
ἰόντε αὖτις	à *eux* venant de retour
διὰ νύκτα μέλαιναν θοήν.	à travers la nuit noire rapide.
Τὼ δὲ βάτην προτέρω,	Eux-deux allèrent plus avant,
διά τε ἔντεα	à travers et les armes
καὶ αἷμα μέλαν.	et le sang noir.
Αἶψα δὲ ἰόντες	Et sur-le-champ allant
ἷξον ἐπὶ τέλος	ils arrivèrent aux rangs
ἀνδρῶν Θρηκῶν.	des hommes Thraces.
Οἱ δὲ εὗδον	Ceux-ci dormaient
ἀδδηκότες καμάτῳ,	épuisés par la fatigue,
ἔντεα δὲ καλὰ	et des armes belles
κέκλιτό σφιν χθονὶ	étaient couchées à eux à terre
παρὰ αὐτοῖσιν,	auprès d'eux,
εὖ κατὰ κόσμον, τριστοιχί·	bien en ordre, sur-trois-rangs;
ἵπποι δὲ δίζυγες	et des chevaux accouplés
παρά σφιν ἑκάστῳ.	*étaient* près d'eux à chacun.
Ῥῆσος δὲ εὗδεν ἐν μέσῳ,	Et Rhésus dormait au milieu,
ἵπποι δὲ ὠκέες	et des chevaux rapides
δέδεντο παρὰ αὐτῷ	étaient attachés près de lui
ἱμᾶσιν	par des courroies
ἐξ ἐπιδιφριάδος πυμάτης.	à la partie-du-char extrême.
Ὀδυσεὺς δὲ ἰδὼν τὸν	Or Ulysse ayant vu lui
προπάροιθε,	en-premier-lieu,
δεῖξε Διομήδεῖ·	le montra à Diomède : [mède,
« Οὗτος ἀνήρ τοι, Διόμηδες,	« *C'est* cet homme certes, Dio-
οὗτοι δὲ ἵπποι τοι,	et ces chevaux certes,
οὓς Δόλων,	lesquels Dolon,
ὃν ἡμεῖς ἐπέφνομεν,	que nous, nous avons tué,
πίφαυσκε νῶῖν.	désigna à nous-deux.
Ἀλλὰ ἄγε δὴ,	Mais va certes,
πρόφερε μένος κρατερόν·	mets-en-avant *ta* vigueur puissante ;
οὐδὲ χρή τί σε	et il ne faut en rien toi
ἑστάμεναι μέλεον σὺν τεύχεσιν·	rester oisif avec *tes* armes :
ἀλλὰ λύε ἵππους·	mais détache les chevaux ;
ἠὲ σύγε ἔναιρε ἄνδρας.	ou toi-du-moins tue les hommes,
ἵπποι δὲ μελήσουσιν ἐμοί. »	et les chevaux seront-l'affaire de
Φάτο ὥς·	Il dit ainsi ; [moi. »
Ἀθήνη δὲ γλαυκῶπις	or Minerve aux-yeux-bleus
ἔμπνευσε μένος τῷ·	inspira de la vigueur à lui ;

κτεῖνε δ' ἐπιστροφάδην, τῶν δὲ στόνος ὤρνυτ' ἀεικὴς,
ἄορι θεινομένων· ἐρυθαίνετο δ' αἵματι γαῖα.
Ὡς δὲ λέων μήλοισιν ἀσημάντοισιν ἐπελθὼν,   485
αἴγεσιν ἢ ὀίεσσι, κακὰ φρονέων ἐνορούσῃ·
ὣς μὲν Θρήϊκας ἄνδρας ἐπῴχετο Τυδέος υἱὸς,
ὄφρα δυώδεκ' ἔπεφνεν[1]· ἀτὰρ πολύμητις Ὀδυσσεὺς,
ὅντινα Τυδείδης ἄορι πλήξειε παραστὰς,
τὸν δ' Ὀδυσεὺς μετόπισθε λαβὼν ποδὸς ἐξερύσασκε,   490
τὰ φρονέων κατὰ θυμὸν, ὅπως καλλίτριχες ἵπποι
ῥεῖα διέλθοιεν, μηδὲ τρομεοίατο θυμῷ,
νεκροῖς ἀμβαίνοντες· ἀήθεσσον γὰρ ἔτ' αὐτῶν.
Ἀλλ' ὅτε δὴ βασιλῆα κιχήσατο Τυδέος υἱὸς,
τὸν τρισκαιδέκατον μελιηδέα θυμὸν ἀπηύρα,   495
ἀσθμαίνοντα· κακὸν γὰρ ὄναρ κεφαλῆφιν ἐπέστη.
[Τὴν νύκτ', Οἰνείδαο πάϊς, διὰ μῆτιν Ἀθήνης.]

velle : il égorge tous ceux qui l'entourent, et l'on entend les gémis-
sements lamentables de ceux qu'a frappés son glaive. Le sang rougit
la terre. Tel un lion s'élance sur des troupeaux de chèvres ou de
brebis mal gardées, pour assouvir sa rage cruelle : tel s'avançait au
milieu des Thraces le fils de Tydée, qui immole jusqu'à douze guerriers. Le sage Ulysse, s'approchant de ceux que frappe le glaive du
fils de Tydée, les prend par les pieds et les tire à l'écart, afin que
les chevaux à la belle crinière aient le passage libre et ne s'effrayent
pas en marchant sur des cadavres ; car ils n'y étaient pas encore
accoutumés. Le fils de Tydée pénètre jusqu'au roi, et c'est la treizième
victime à laquelle il arrache la vie si douce. Rhésus pousse un soupir.
Un songe funeste pesait sur sa tête : c'était le petit-fils d'OEnée qui lui
apparaissait cette nuit-là sous l'inspiration de Minerve. Cependant le

κτεῖνε δὲ ἐπιστροφάδην ,	et il tuait à l'entour ,
στόνος δὲ τῶν	et un gémissement de ceux
θεινομένων ἄορι ,	étant frappés par l'épée ,
ὤρνυτο ἀεικής·	s'élevait horrible ;
γαῖα δὲ ἐρυθαίνετο αἵματι.	et la terre était rougie de sang.
Ὡς δὲ λέων ἐπελθὼν	Or comme un lion venant-sur
μήλοισιν ἀσημάντοισιν ,	des troupeaux non-gardés ,
αἴγεσιν ἢ ὀίεσσιν ,	chèvres ou brebis ,
ἐνορούσῃ	se précipite-dessus
φρονέων κακά·	méditant des maux :
ὣς μὲν υἱὸς Τυδέος	ainsi à la vérité le fils de Tydée
ἐπώχετο ἄνδρας Θρήϊκας ,	se jetait-sur les hommes Thraces ,
ὄφρα ἔπεφνε δυώδεκα·	jusqu'à ce qu'il en tua douze ;
ἀτὰρ Ὀδυσσεὺς πολύμητις ,	mais Ulysse fertile-en-ruses ,
ὄντινα Τυδεΐδης	celui-que le fils-de-Tydée
παραστὰς	en s'approchant
πλήξειεν ἄορι ,	avait frappé du glaive ,
Ὀδυσεὺς δὲ λαβὼν τὸν	Ulysse alors prenant lui
μετόπισθεν	par derrière
ἐξερύσασκε ποδός ,	le retirait par le pied ,
φρονέων κατὰ θυμὸν τὰ ,	songeant dans son cœur à ces-choses,
ὅπως ἵπποι	comment les chevaux
καλλίτριχες	aux-beaux-crins
διέλθοιεν ῥεῖα ,	passeraient facilement ,
μηδὲ τρομεοίατο	et ne trembleraient pas
θυμῷ ,	dans leur cœur ,
ἀμβαίνοντες νεκροῖς·	marchant-sur des morts ;
ἀήθεσσον γὰρ	car ils étaient inaccoutumés
ἔτι αὐτῶν.	encore à eux.
Ἀλλὰ ὅτε δὴ	Mais lorsque certes
υἱὸς Τυδέος κιχήσατο βασιλῆα ,	le fils de Tydée atteignit le roi ,
ἀπηύρα θυμὸν	il arracha la vie
μελιηδέα	douce-comme-miel
τὸν τρισκαιδέκατον ,	à lui treizième ,
ἀσθμαίνοντα·	poussant-un-soupir ;
ὄναρ γὰρ κακὸν	car un songe mauvais
ἐπέστη κεφαλῆφι.	se tint-sur sa tête.
[Τὴν νύκτα ,	[Cette nuit-là ,
πάϊς Οἰνεΐδαο ,	c'était le fils du fils-d'OEnée ,
διὰ μῆτιν Ἀθήνης.]	par le conseil de Minerve.]

Τόφρα δ' ἄρ' ὁ τλήμων Ὀδυσεὺς λύε μώνυχας ἵππους,
σὺν δ' ἤειρεν ἱμᾶσι, καὶ ἐξήλαυνεν ὁμίλου,
τόξῳ ἐπιπλήσσων· ἐπεὶ οὐ μάστιγα φαεινὴν   500
ποικίλου ἐκ δίφροιο νοήσατο χερσὶν ἑλέσθαι·
ῥοίζησεν δ' ἄρα, πιφαύσκων Διομήδεϊ δίῳ.

  Αὐτὰρ ὁ μερμήριζε μένων ὅ τι κύντατον ἔρδοι,
ἢ ὅγε δίφρον ἑλὼν, ὅθι ποικίλα τεύχε' ἔκειτο,
ῥυμοῦ ἐξερύοι, ἢ ἐκφέροι ὑψόσ' ἀείρας,   505
ἢ ἔτι τῶν πλεόνων Θρηκῶν ἀπὸ θυμὸν ἕλοιτο.
Ἕως ὁ ταῦθ' ὥρμαινε κατὰ φρένα, τόφρα δ' Ἀθήνη
ἐγγύθεν ἱσταμένη προσέφη Διομήδεα δῖον·

  « Νόστου δὴ μνῆσαι, μεγαθύμου Τυδέος υἱὲ,
νῆας ἔπι γλαφυράς· μὴ καὶ πεφοβημένος ἔλθῃς·   510
μή πού τις καὶ Τρῶας ἐγείρῃσιν θεὸς ἄλλος. »
  Ὣς φάθ'· ὁ δὲ ξυνέηκε θεᾶς ὄπα φωνησάσης·

valeureux Ulysse délie les coursiers au ferme sabot, les attache l'un
à l'autre avec des courroies et les fait sortir du camp en les frappant
avec son arc; car il avait oublié de prendre en main son fouet magnifique et l'avait laissé sur son char étincelant; puis il siffle pour
donner le signal au divin Diomède.

  Mais le héros demeure, méditant quelque coup hardi, et ne sachant
s'il doit traîner par le timon le char où sont déposées des armes étin-
celantes, s'il doit l'enlever dans ses bras, ou s'il arrachera la vie
à un plus grand nombre de Thraces. Pendant qu'il roule ces pensées
dans son cœur, Minerve se présente au divin Diomède et lui dit :

  « Songe à la retraite, fils du magnanime Tydée; retourne vers les
vaisseaux creux, afin de n'être pas contraint à la fuite, si quelque
autre divinité venait à réveiller les Troyens! »

  Elle dit. Diomède entend la voix de la déesse et monte aussitôt sur

Τόφρα δὲ ἄρα	Cependant certes
Ὀδυσεὺς ὁ τλήμων	Ulysse le constant
λύεν ἵππους	déliait les chevaux
μώνυχας,	au-sabot-non-fendu
ἤειρε δὲ σὺν	et *les* attachait ensemble
ἱμᾶσι,	par des courroies,
καὶ ἐξήλαυνεν ὁμίλου,	et les poussait-hors de la foule,
ἐπιπλήσσων τόξῳ·	*les* frappant de *son* arc;
ἐπεὶ οὐ νοήσατο	parce que il n'avait pas pensé
ἑλέσθαι χερσὶ	à prendre *dans ses* mains
μάστιγα φαεινὴν	un fouet brillant
ἐκ δίφροιο ποικίλου·	de dessus le char orné;
ῥοίζησε δὲ ἄρα,	puis il siffla certes,
πιφαύσκων Διομήδεϊ δίῳ.	donnant-le-signal à Diomède divin.
Αὐτὰρ ὁ μένων	Mais lui restant
μερμήριζεν ὅ τι ἔρδοι	méditait ce-qu'il ferait
κύντατον,	de plus audacieux,
ἢ ὅγε ἑλὼν δίφρον,	ou *si* lui prenant le char,
ὅθι τεύχεα ποικίλα ἔκειτο,	où des armes variées gisaient,
ἐξερύοι ῥυμοῦ,	il *le* tirerait par le timon,
ἢ ἐκφέροι	ou *si* il *l'*emporterait
ἀείρας ὑψόσε,	*l'*ayant élevé en-l'air,
ἢ ἀφέλοιτο θυμὸν	ou *si* il enlèverait la vie
τῶν Θρῃκῶν ἔτι πλεόνων.	de Thraces encore plus-nombreux.
Ἕως ὁ ὥρμαινε	Pendant que lui agitait
ταῦτα κατὰ φρένα,	ces-choses dans *son* esprit,
τόφρα δὲ Ἀθήνη	pendant-ce-temps alors Minerve
ἱσταμένη ἐγγύθεν	se tenant près
προσέφη Διομήδεα δῖον·	dit-à Diomède divin :
« Μνῆσαι δὴ νόστου	« Souviens-toi certes du retour
ἐπὶ νῆας γλαφυρὰς,	vers les vaisseaux creux,
υἱὲ Τυδέος μεγαθύμου·	fils de Tydée magnanime;
μὴ ἔλθῃς	de peur que tu ne viennes *vers eux*
καὶ πεφοβημένος·	ayant été mis-en-fuite aussi;
μή που καί	de peur que par hasard aussi
τις ἄλλος θεὸς	quelque autre dieu
ἐγείρῃσι Τρῶας. »	n'éveille les Troyens. »
Φάτο ὥς·	Elle dit ainsi;
ὁ δὲ ξυνέηκεν	et lui comprit
ὄπα θεᾶς φωνησάσης·	la parole de la déesse ayant parlé;

καρπαλίμως δ' ἵππων ἐπεβήσετο· κόπτε δ' Ὀδυσσεὺς
τόξῳ· τοὶ δ' ἐπέτοντο θοὰς ἐπὶ νῆας Ἀχαιῶν.

  Οὐδ' ἀλαοσκοπίην εἶχ' ἀργυρότοξος Ἀπόλλων[1],   515
ὡς ἴδ' Ἀθηναίην μετὰ Τυδέος υἱὸν ἔπουσαν·
τῇ κοτέων, Τρώων κατεδύσατο πουλὺν ὅμιλον,
ὦρσεν δὲ Θρηκῶν βουληφόρον Ἱπποκόωντα,
Ῥήσου ἀνεψιὸν ἐσθλόν. Ὁ δ', ἐξ ὕπνου ἀνορούσας,
ὡς ἴδε χῶρον ἐρῆμον ὅθ' ἕστασαν ὠκέες ἵπποι,   520
ἄνδρας τ' ἀσπαίροντας ἐν ἀργαλέῃσι φονῇσιν,
ᾤμωξέν τ' ἄρ' ἔπειτα, φίλον τ' ὀνόμηνεν ἑταῖρον.
Τρώων δὲ κλαγγή τε καὶ ἄσπετος ὦρτο κυδοιμὸς,
θυνόντων ἀμυδις· θηεῦντο δὲ μέρμερα ἔργα
ὅσσ' ἄνδρες ῥέξαντες ἔβαν κοίλας ἐπὶ νῆας.   525

  Οἱ δ' ὅτε δή ῥ' ἵκανον ὅθι σκοπὸν Ἕκτορος ἔκταν,
ἔνθ' Ὀδυσεὺς μὲν ἔρυξε, Διὶ φίλος, ὠκέας ἵππους·
Τυδείδης δὲ χαμᾶζε θορὼν, ἔναρα βροτόεντα
ἐν χείρεσσ' Ὀδυσῆϊ τίθει· ἐπεβήσατο δ' ἵππων·

les coursiers. Ulysse les frappe avec son arc, et ils volent vers les
vaisseaux rapides des Grecs.

Ils n'échappent pas aux regards vigilants d'Apollon à l'arc d'argent, qui a vu Minerve accompagner le fils de Tydée, et qui, irrité
contre elle, s'introduit dans la nombreuse armée des Troyens, et
réveille un des chefs des Thraces, Hippocoon, le valeureux cousin de
Rhésus. Ce guerrier, en sortant du sommeil, s'aperçoit que la place
où se trouvaient les chevaux, est vide à présent, et voit les guerriers
expirant au milieu d'un horrible carnage; il gémit et appelle son
cher compagnon. On entend alors les clameurs et le tumulte des
Troyens qui accourent en foule, et viennent contempler les œuvres
terribles des deux guerriers qui se sont enfuis déjà vers les creux
navires.

Une fois arrivés à l'endroit où ils ont immolé l'espion d'Hector,
Ulysse, chéri de Jupiter, arrête ses coursiers rapides, et le fils de
Tydée saute à terre et remet entre les mains d'Ulysse les dépouilles

ἐπεβήσετο δὲ ἵππων
χαρπαλίμως·
Ὀδυσσεὺς δὲ κόπτε τόξῳ·
τοὶ δὲ ἐπέτοντο
ἐπὶ νῆας θοὰς
Ἀχαιῶν.

　Ἀπόλλων δὲ ἀργυρότοξος
οὐκ εἶχεν ἀλαοσκοπίην,
ὡς ἴδεν Ἀθηναίην
μεθέπουσαν υἱὸν Τυδέος·
κοτέων τῇ,
κατεδύσατο ὅμιλον πουλὺν
Τρώων,
ὦρσε δὲ Ἱπποκόωντα
βουληφόρον Θρηκῶν,
ἀνεψιὸν ἐσθλὸν Ῥήσου.
Ὁ δὲ ἀνορούσας ἐξ ὕπνου,
ὡς ἴδε χῶρον ἐρῆμον
ὅθι ἵπποι ὠκέες ἕστασαν,
ἄνδρας τε ἀσπαίροντας
ἐν φονῇσιν ἀργαλέῃσιν,
ὤμωξέ τε ἄρα ἔπειτα,
ὀνόμηνέ τε ἑταῖρον φίλον.
Κλαγγῇ δέ τε
καὶ κυδοιμὸς ἄσπετος Τρώων
θυνόντων ἄμυδις,
ὦρτο·
θηεῦντο δὲ ἔργα μέρμερα
ὅσσα
ἄνδρες ῥέξαντες
ἔβαν ἐπὶ νῆας κοίλας.

　Οἱ δὲ
ὅτε δή ῥα ἵκανον
ὅθι ἔκταν σκοπὸν Ἕκτορος,
Ὀδυσεὺς μὲν, φίλος Διὶ,
ἔρυξεν ἔνθα ἵππους ὠκέας·
Τυδείδης δὲ θορὼν χαμᾶζε,
τίθει ἔναρα βροτόεντα
ἐν χείρεσσιν Ὀδυσῆι·
ἐπεβήσατο δὲ ἵππων·

et il monta-sur les chevaux
sur-le-champ;
et Ulysse *les* frappait avec *son* arc;
et eux volaient
vers les vaisseaux rapides
des Achéens.

　Et Apollon à-l'arc-d'argent
ne faisait pas une garde-aveugle,
puisqu'il vit Minerve
accompagnant le fils de l'ydée;
irrité contre elle,
il pénétra-dans la foule nombreuse
des Troyens,
et il éveilla Hippocoon
porte-conseil des Thraces,
cousin brave de Rhésus.
Celui-ci s'étant élancé du sommeil,
dès qu'il vit la place déserte
où les chevaux rapides se tenaient,
et les hommes palpitant
dans un carnage horrible,
et il gémit certes ensuite,
et il appela *son* compagnon chéri.
Mais et une clameur
et un tumulte infini de Troyens
se précipitant en foule,
s'éleva;　　　　　　　[bles
et ils contemplaient les actions terri-
toutes-celles-que
des hommes ayant faites
sont allés vers les vaisseaux creux.

　Mais eux
lorsque certes ils arrivèrent
où ils avaient tué l'espion d'Hector,
Ulysse d'un côté, cher à Jupiter,
arrêta là les chevaux rapides;
et le fils-de-Tydée sautant à terre,
plaçait les dépouilles sanglantes
dans les mains à Ulysse;
et il monta-sur les chevaux;

μάστιξεν δ' ἵππους, τὼ δ' οὐκ ἄκοντε πετέσθην   530
[νῆας ἔπι γλαφυράς· τῇ γὰρ φίλον ἔπλετο θυμῷ.]
Νέστωρ δὲ πρῶτος κτύπον ἄϊε, φώνησέν τε·

« Ὦ φίλοι, Ἀργείων ἡγήτορες ἠδὲ μέδοντες,
ψεύσομαι, ἦ ἔτυμον ἐρέω; Κέλεται δέ με θυμός·
ἵππων μ' ὠκυπόδων ἀμφὶ κτύπος οὔατα βάλλει[1].   535
Αἲ γὰρ δὴ Ὀδυσεύς τε καὶ ὁ κρατερὸς Διομήδης
ὧδ' ἄφαρ ἐκ Τρώων ἐλασαίατο μώνυχας ἵππους!
Ἀλλ' αἰνῶς δείδοικα κατὰ φρένα μήτι πάθωσιν
Ἀργείων οἱ ἄριστοι ὑπὸ Τρώων ὀρυμαγδοῦ. »

Οὔπω πᾶν εἴρητο ἔπος, ὅτ' ἄρ' ἤλυθον αὐτοί.   540
Καί ῥ' οἱ μὲν κατέβησαν ἐπὶ χθόνα· τοὶ δὲ χαρέντες
δεξιῇ ἠσπάζοντο ἔπεσσί τε μειλιχίοισι.
Πρῶτος δ' ἐξερέεινε Γερήνιος ἱππότα Νέστωρ·

« Εἴπ' ἄγε μ', ὦ πολύαιν' Ὀδυσεῦ, μέγα κῦδος Ἀχαιῶν,
ὅππως τούσδ' ἵππους λάβετον· καταδύντες ὅμιλον   545

sanglantes; puis il remonte sur les chevaux qu'il fouette, et qui
volent pleins d'ardeur vers les creux navires, où les deux guerriers
ont hâte d'arriver. Nestor entend le premier le bruit des chevaux,
et dit:

« Amis, chefs et protecteurs des Grecs, je ne sais si je me trompe
ou si je dis vrai; mais mon cœur m'engage à parler : un bruit de
chevaux à la course rapide a frappé mon oreille. Fassent les dieux que
ce soient Ulysse et le vaillant Diomède qui reviennent du camp des
Troyens avec des coursiers au ferme sabot! Mais je crains bien
dans mon cœur que ces deux illustres chefs des Grecs n'aient été
maltraités dans l'armée des Troyens ! »

Il n'avait pas encore achevé ce discours que les deux guerriers
parurent eux-mêmes. Ils mettent pied à terre et chacun les accueille
avec empressement en leur tendant la main droite et leur adressant
de flatteuses paroles. Nestor de Gérénie, habile à conduire les coursiers, leur adresse le premier la parole:

« Dis-moi, illustre Ulysse, toi qui fais la gloire des Grecs, comment vous avez acquis ces chevaux. Est-ce en pénétrant dans l'armée

μάστιξε δὲ ἵππους,

alors il fouetta les chevaux,

τὼ δὲ πετέσθην οὐκ ἄκοντε

et eux volèrent non malgré-eux

[ἐπὶ νῆας γλαφυράς·

[vers les vaisseaux creux ;

τῇ γὰρ

par là en effet

ἔπλετο φίλον θυμῷ.]

il était agréable à *leur cœur d'aller.*

Νέστωρ δὲ πρῶτος

Or Nestor le premier

ἄϊε κτύπον, φώνησέ τε·

entendit le bruit, et cria :

« Ὦ φίλοι,

        « O amis,

ἡγήτορες ἠδὲ μέδοντες Ἀργείων,

chefs et gouverneurs des Argiens,

ψεύσομαι, ἢ ἐρέω ἔτυμον ;

mentirai-je, ou dirai-je vrai ?

Θυμὸς δὲ κέλεταί με·

Mais *mon cœur invite moi à parler;*

κτύπος ἵππων

le bruit et chevaux

ὠκυπόδων

aux-pieds-rapides

ἀμφιβάλλει οὔατά μοι.

frappe-autour les oreilles à moi.

Αἲ γὰρ δὴ

Plaise-au-ciel certes que

Ὀδυσεύς τε

et Ulysse

καὶ ὁ κρατερὸς Διομήδης

et le puissant Diomède

ἐλασαίατο ἵππους

poussent des chevaux

μώνυχας

au-sabot-non-fendu

ὧδε ἄφαρ ἐκ Τρώων!

ainsi *vite* loin des Troyens !

Ἀλλὰ δείδοικα αἰνῶς

Mais je crains terriblement

κατὰ φρένα

dans *mon* cœur

μὴ οἱ ἄριστοι Ἀργείων

que les meilleurs des Argiens

πάθωσί τι

*n'*aient éprouvé quelque-chose

ὑπὸ ὀρυμαγδοῦ Τρώων. »

du tumulte des Troyens. »

Ἔπος

        Cette parole

οὔπω εἴρητο πᾶν,

n'était pas encore dite entière.

ὅτε ἄρα ἤλυθον αὐτοί.

lorsque certes ils vinrent eux-mêmes.

Καί ῥα οἱ μὲν

Et certes ceux-ci

κατέβησαν ἐπὶ χθόνα·

descendirent sur la terre ;

τοὶ δὲ χαρέντες

et ceux-'à joyeux

ἠσπάζοντο δεξιῇ

les saluaient de la *main* droite

ἔπεσσί τε μειλιχίοισι.

et de paroles douces-comme-miel.

Νέστωρ δὲ Γερήνιος ἱππότα

Et Nestor de-Gérénie cavalier

ἐξερέεινε πρῶτος·

interrogea le premier :

« Εἰπέ μοι, ἄγε,

        « Dis-moi, va,

ὦ Ὀδυσεῦ πολύαινε,

ô Ulysse très-loué,

ὗδος μέγα Ἀχαιῶν,

gloire grande des Achéens,

ὅππως λάβετον τούσδε ἵππους·

comment vous prîtes ces chevaux :

καταδύντες ὅμιλον

est-ce ayant pénétré-dans la foule

Τρώων ; Ἦ τίς σφωε πόρεν θεὸς ἀντιβολήσας ;
Αἰνῶς ἀκτίνεσσιν ἐοικότες ἠελίοιο.
Αἰεὶ μὲν Τρώεσσ' ἐπιμίσγομαι, οὐδέ τί φημι
μιμνάζειν παρὰ νηυσὶ, γέρων περ ἐὼν πολεμιστής·
ἀλλ' οὔπω τοίους ἵππους ἴδον, οὐδ' ἐνόησα.   550
Ἀλλά τιν' ὔμμ' ὀΐω δόμεναι θεὸν ἀντιάσαντα·
ἀμφοτέρω γὰρ σφῶϊ φιλεῖ νεφεληγερέτα Ζεὺς,
κούρη τ' αἰγιόχοιο Διὸς, γλαυκῶπις Ἀθήνη. »

    Τὸν δ' ἀπαμειβόμενος προσέφη πολύμητις Ὀδυσσεύς·
« Ὦ Νέστορ Νηληϊάδη, μέγα κῦδος Ἀχαιῶν,   555
ῥεῖα θεός γ' ἐθέλων καὶ ἀμείνονας, ἠέπερ οἵδε,
ἵππους δωρήσαιτ', ἐπειὴ πολὺ φέρτεροί εἰσιν.
Ἵπποι δ' οἵδε, γεραιὲ, νεήλυδες, οὓς ἐρεείνεις,
Θρηΐκιοι· τὸν δέ σφιν ἄνακτ' ἀγαθὸς Διομήδης
ἔκτανε, πὰρ δ' ἑτάρους δυοκαίδεκα πάντας ἀρίστους·   560
τὸν τρισκαιδέκατον, σκοπὸν εἵλομεν ἐγγύθι νηῶν,

des Troyens? Ou bien est-ce quelque dieu qui est venu vous en faire
présent? Ils brillent comme les rayons du soleil. Je combats toujours
les Troyens dans la mêlée, et je ne reste jamais dans l'inaction près
des vaisseaux, malgré mon grand âge; mais je n'ai pas encore vu, je
n'ai pas encore remarqué de pareils coursiers. Je pense que c'est
quelque dieu qui vous les aura donnés; car vous êtes tous les deux
aimés de Jupiter, qui assemble les nuages, et de la fille de Jupiter
qui tient l'égide, de Minerve aux yeux bleus. »

    L'ingénieux Ulysse lui répond en ces termes : « Nestor, fils de
Nélée, glorieux appui des Grecs, une divinité bienveillante pourrait
facilement nous donner des chevaux plus beaux que ne le sont
ceux-ci; car les dieux sont tout-puissants; mais ces coursiers dont tu
nous demandes l'origine, vieillard, sont nouvellement arrivés du
pays des Thraces. Le brave Diomède en a tué le maître avec douze
de ses compagnons, tous guerriers distingués. Un espion a fait le

Τρώων;	des Troyens?
Ἤ τις θεὸς ἀντιβολήσας	Ou quelque dieu s'offrant-à *vous*
πόρε σφωέ;	*vous* a-t-il procuré eux?
Ἐοικότες αἰνῶς	*Ils sont* ressemblant terriblement
ἐκτίνεσσιν ἠελίοιο.	aux rayons du soleil.
Ἐπιμίσγομαι μὲν αἰεὶ	Je me mêle à la vérité toujours
Τρώεσσιν,	aux Troyens,
οὐδέ φημι μιμνάζειν τι	et je dis ne pas rester en rien
παρὰ νηυσὶν,	auprès des vaisseaux,
ἐών περ πολεμιστὴς γέρων·	quoique étant guerrier vieux;
ἀλλὰ οὔπω ἴδον,	mais je ne vis pas-encore,
οὐδὲ ἐνόησα τοίους ἵππους.	ni n'avisai de tels chevaux.
Ἀλλὰ ὀίω	Mais je pense
τινὰ θεὸν ἀντιάσαντα	quelque dieu *vous* ayant rencontrés
δόμεναι ὕμμιν·	*les* avoir donnés à *vous*;
Ζεὺς γὰρ νεφεληγερέτα	car Jupiter assembleur-de-nuages
φιλεῖ σφῶϊ ἀμφοτέρω,	aime vous deux,
κούρη τε	ainsi-que la fille
Διὸς αἰγιόχοιο,	de Jupiter tenant-l'égide,
Ἀθήνη γλαυκῶπις. »	Minerve aux-yeux-bleus. »
Ὀδυσσεὺς δὲ πολύμητις	Mais Ulysse fécond-en-ruses
ἀπαμειβόμενος προσέφη τόν·	répondant dit-à lui:
« Ὦ Νέστορ Νηληϊάδη,	« O Nestor fils-de-Nélée,
κῦδος μέγα Ἀχαιῶν,	gloire grande des Achéens,
θεός γε ἐθέλων	un dieu certes *le* voulant
δωρήσαιτο ῥεῖα	*nous* eût donné facilement
ἵππους καὶ ἀμείνονας	des chevaux même meilleurs
ἠέπερ οἴδε,	que ceux-ci *ne le sont*,
ἐπεή εἰσι	parce que *les dieux* sont
πολὺ φέρτεροι.	de beaucoup plus puissants.
Οἴδε δὲ ἵπποι νεήλυδες,	Mais ces chevaux nouveaux-venus,
οὓς ἐρεείνεις, γεραιὲ,	dont tu parles, vieillard,
Θρηίκιοι·	*sont* Thraces;
Διομήδης δὲ ἀγαθὸς	et Diomède brave
ἔκτανεν τὸν ἄνακτά σφιν,	a tué le maître à eux,
πὰρ δὲ	et près *de lui*
δυοκαίδεκα ἑτάρους	douze compagnons
πάντας ἀρίστους·	tous très-bons;
εἵλομεν ἐγγύθι νηῶν	nous tuâmes près des vaisseaux
τὸν τρισκαιδέκατον, σκοπὸν,	le treizième, un espion,

τόν ῥα διοπτῆρα στρατοῦ ἔμμεναι ἡμετέροιο
Ἕκτωρ τε προέηκε καὶ ἄλλοι Τρῶες ἀγαυοί. »

Ὡς εἰπὼν, τάφροιο διήλασε μώνυχας ἵππους
καγχαλόων· ἄμα δ' ἄλλοι ἴσαν χαίροντες Ἀχαιοί.   565
Οἱ δ' ὅτε Τυδείδεω κλισίην εὔτυκτον ἵκοντο,
ἵππους μὲν κατέδησαν ἐϋτμήτοισιν ἱμᾶσι
φάτνῃ ἐφ' ἱππείῃ, ὅθι περ Διομήδεος ἵπποι
ἕστασαν ὠκύποδες, μελιηδέα πυρὸν ἔδοντες.
Νηῒ δ' ἐνὶ πρύμνῃ ἔναρα βροτόεντα Δόλωνος   570
θῆχ' Ὀδυσεὺς, ὄφρ' ἱρὸν ἑτοιμασσαίατ' Ἀθήνῃ.
Αὐτοὶ δ' ἱδρῶ πολλὸν ἀπενίζοντο θαλάσσῃ,
ἐσβάντες, κνήμας τε ἰδὲ λόφον, ἀμφί τε μηρούς.
Αὐτὰρ ἐπεί σφιν κῦμα θαλάσσης ἱδρῶ πολλὸν
νίψεν ἀπὸ χρωτὸς, καὶ ἀνέψυχθεν φίλον ἦτορ,   575
ἔς ῥ' ἀσαμίνθους βάντες ἐϋξέστας λούσαντο.

treizième : nous l'avons tué près des vaisseaux. Il avait été envoyé
pour observer notre armée par Hector et les autres Troyens illustres. »

En disant ces mots, il fit franchir le fossé à ses coursiers au ferme
sabot, et s'avança triomphant au milieu des autres Grecs qui l'accom-
pagnaient et partageaient sa joie. Arrivés à la tente bien construite
du fils de Tydée, ils attachèrent les coursiers avec des courroies bien
taillées à l'écurie où les chevaux agiles de Diomède broyaient le sa-
voureux froment. Ulysse suspendit à la poupe de son vaisseau les
dépouilles sanglantes de Dolon, jusqu'à ce qu'on fût prêt à sacri-
fier à Minerve. Alors les deux héros se plongent dans la mer et se
lavent les épaules, les cuisses et les jambes qui sont inondées de
sueur. Quand ils ont plongé leur corps tout souillé de sueur dans
les flots de la mer, et qu'ils ont rafraîchi leurs sens, ils entrent
dans des bassins polis avec art pour s'y baigner encore. Après le

τόν ῥα ῾Εκτωρ τε	lequel certes et Hector
προέηκεν ἔμμεναι	envoya-en-avant *pour* être
διοπτῆρα ἡμετέροιο στρατοῦ	espion de notre armée
καὶ ἄλλοι Τρῶες	ainsi-que les autres Troyens
ἀγανοί. »	illustres. »
Εἰπὼν ὥς,	Ayant dit ainsi,
διήλασε τάφροιο	il poussa-au-delà du fossé
ἵππους μώνυχας	les chevaux au-sabot-non-fendu
καγχαλόων·	en bondissant-de-joie ;
ἄλλοι δὲ Ἀχαιοὶ	et les autres Achéens
ἴσαν ἅμα χαίροντες.	allèrent-en-même-temps joyeux.
Οἱ δὲ ὅτε ἵχοντο	Et ceux-ci lorsqu'ils arrivèrent
κλισίην εὔτυκτον	à la tente bien-construite
Τυδείδεω,	du fils-de-Tydée,
κατέδησαν μὲν ἵππους	attachèrent à la vérité les chevaux
ἱμᾶσιν ἐϋτμήτοισιν	par des courroies bien-coupées
ἐπὶ φάτνῃ ἱππείῃ,	à la crèche de-chevaux,
ὅθι περ ἵπποι Διομήδεος	où certes les chevaux de Diomède
ὠκύποδες	aux-pieds-légers
ἕστασαν,	se tenaient,
ἔδοντες πυρὸν	mangeant le froment
μελιηδέα.	doux-comme-miel.
᾿Οδυσεὺς δὲ θῆκεν	Et Ulysse plaça
ἐνὶ νηΐ πρύμνῃ	sur le vaisseau extrême (à la poupe)
ἔναρα βροτόεντα Δόλωνος,	les dépouilles sanglantes de Dolon,
ὄφρα ἑτοιμασσαίατο	jusqu'à ce qu'on eût préparé
ἱρὸν Ἀθήνῃ.	le sacrifice à Minerve.
Αὐτοὶ δὲ ἐσβάντες	Et eux-mêmes étant entrés-dedans
ἀπενίζοντο θαλάσσῃ	lavaient dans la mer
ἱδρῶ πολλὸν,	*leur* sueur abondante,
ἀμφὶ κνήμας τε	autour et des jambes
ἰδὲ λόφον μηρούς τε.	et du cou et des cuisses.
Αὐτὰρ ἐπεὶ κῦμα θαλάσσης	Mais après que le flot de la mer
νίψεν ἀπὸ χρωτὸς	eut lavé de la peau
πολλὸν ἱδρῶ σφιν,	beaucoup de sueur à eux,
καὶ ἀνέψυχθεν	et *que* ils furent rafraîchis
φίλον ἦτορ,	*quant* à leur cœur,
βάντες ῥα	étant allés certes
ἐς ἀσαμίνθους ἐϋξέστας	dans des baignoires bien-polies
λούσαντο.	ils se lavèrent.

Τὼ δὲ λοεσσαμένω καὶ ἀλειψαμένω λίπ᾽ ἐλαίῳ,
δείπνῳ ἐφιζανέτην· ἀπὸ δὲ κρητῆρος Ἀθήνη
πλείου ἀφυσσάμενοι λεῖβον μελιηδέα οἶνον.

bain, ils se frottent les membres d'une huile parfumée, et vont bientôt s'asseoir à la table du festin. Ils puisent dans un cratère plein un
vin doux comme le miel, dont ils font des libations à Minerve.

Τὼ δὲ λοεσσαμένω	Et ceux-ci s'étant lavés
καὶ ἀλειψαμένω λίπα	et s'étant frottés grassement
ἐλαίῳ,	avec de l'huile,
ἐριζανέτην δείπνῳ·	s'assirent à un repas ;
λεῖβον δὲ	et ils versaient-en-libations
Ἀθήνῃ	à Minerve
οἶνον μελιηδέα	un vin doux-comme-miel
ἀφυσσάμενοι	l'ayant puisé
ἀπὸ κρητῆρος πλείου.	d'un cratère plein.

NOTES
SUR LE DIXIÈME CHANT DE L'ILIADE.

———

Page 2 : 1. Ἄλλοι μὲν παρὰ νηυσὶν......

> Nox erat, et placidum carpebant fessa soporem
> Corpora......
> .... Somno positæ sub nocte silenti
> Lenibant curas, et corda oblita laborum.
> At non infelix animi Phœnissa, neque unquam
> Solvitur in somnos, oculisve aut pectore noctem
> Accipit......   (Virg., *Énéide*, IV, 522.)

Page 4 : 1. Ἥδε δέ οἱ κατὰ θυμὸν ἀρίστη φαίνετο βουλὴ....

Le parti qui lui semble le meilleur est de......

> Hæc alternanti potior sententia visa est.
>   (Virg., *Énéide*, IV, 287.)

— **2.** Ἀμφὶ δ' ἔπειτα δαφοινὸν ἑέσσατο δέρμα λέοντος,
αἴθωνος, μεγάλοιο, ποδηνεκές.

*Il se couvre d'une grande et belle peau de lion au poil fauve
qui lui descend jusqu'aux pieds.*

> .... Latos humeros subjectaque colla
> Veste super fulvique insternor pelle leonis.
>   (Virg., *Énéide*, II, 721.)

Page 8 : 1. ......ἐπεὶ Διὸς ἐτράπετο φρήν.

Car la volonté de Jupiter a changé.

Virgile a dit :

> .... Aversa Deæ mens.
>   (*Énéide*, II, 170.)

Page 10 : 1. Πατρόθεν ἐκ γενεῆς ὀνομάζων ἄνδρα ἕκαστον,
πάντας κυδαίνων......

*Appelant chacun par le nom de son père et de ses ancêtres, et
lui rappelant ses titres d'honneur.*

> Ergo inter cædes cedentiaque agmina Tarcho
> Fertur equo, variisque instigat vocibus alas,
> Nomine quemque vocans, reficitque in prælia pulsos.
>   (Virg., *Énéide*, XI, 729.)

Page 12 : 1. Γνώσεαι Ἀτρείδην Ἀγαμέμνονα......

Reconnais le fils d'Atrée, Agamemnon......
Racine, *Iphigénie en Aulide*, act. I, sc. 1, v. 1 :

> Oui, c'est Agamemnon, c'est ton roi qui t'éveille.

Quant à l'épithète de Ἀτρείδης qu'Homère ajoute toujours aux noms d'Agamemnon et de Ménélas, on a déjà eu occasion de dire dans les livres précédents que ces deux rois n'étaient pas les fils, mais bien les neveux d'Atrée, auquel les avait confiés Thyeste, leur père. C'est à ce double titre, de neveux et de pupilles d'Atrée, qu'Agamemnon et Ménélas sont appelés Ἀτρεῖδαι dans Homère.

Page 14 : 1. ......κυμάτῳ ἀδδηκότες ἠδὲ καὶ ὕπνῳ......

Vaincus par la fatigue et le sommeil......
C'est à tort que le Scholiaste explique ὕπνῳ par ἀγρυπνίᾳ, ὁ μὴ παρὼν ὕπνος. Horace a dit :

> .... Ludo fatigatumque somno.
> (*Od.*, III, IV, 11.)

Page 18 : 1. Ἀμφὶ δ' ἄρα χλαῖναν περονήσατο φοινικόεσσαν,
διπλῆν, ἐκταδίην.....

Il agrafe autour de ses épaules un ample et double manteau de pourpre......
On entend par διπλῆ χλαῖνα un manteau assez ample pour envelopper deux fois le corps : selon quelques commentateurs, c'était un vêtement doublé d'une autre étoffe.

Page 24 : 1. Ἀλλ' ἐγρηγορτὶ σὺν τεύχεσιν εἴατο πάντες.

Tout le monde veille sous les armes.

> Omnis per muros legio sortita periclum
> Excubat, exercetque vices, quod cuique tuendum est.
> (VIRG., *Énéide*, IX, 174.)

Page 26 : 1. .... τοὶ δ' ἅμ' ἔποντο
Ἀργείων βασιλῆες, ὅσοι κεκλήατο βουλήν.

Et il est suivi de tous les rois des Grecs, convoqués pour prendre part au conseil.

> Ductores Teucrum primi et delecta juventus
> Concilium summis regni de rebus habebant.
> (VIRG., *Énéide*, IX, 225.)

— 2. Τάφρον δ' ἐκδιαβάντες ὀρυκτὴν.....

L'assemblée nocturne des chefs Grecs et la proposition de Nestor, se retrouvent, imitées par Virgile (*Énéide*, IX, 230), dans le conseil militaire et les discours de Nisus et d'Aléthès.

Page 34 : 1. Τυδείδη μὲν δῶκε......

Homère nous représente ici Diomède et Ulysse échangeant leurs armes avec Thrasymède et Mérion. Virgile a su tirer parti de ce bel épisode dans cet échange fraternel des armes :

> Sic ait illacrymans; humero simul exuit ensem
> Auratum, mira quem fecerat arte Lycaon
> Gnossius, atque habilem vagina aptarat eburna.
> Dat Niso Mnestheus pellem horrentisque leonis
> Exuvias; galeam fidus permutat Alethes.
>
> (Virg., *Énéide*, IX, 302.)

Page 36 : 1. Τήν ῥά ποτ' ἐξ Ἐλεῶνος Ἀμύντορος Ὀρμενίδαο
ἐξέλετ' Αὐτόλυκος.....

Ce casque fut autrefois enlevé dans Éléon à Amyntor, fils d'Or-ménus, par Autolycus......

> Euryalus phaleras Rhamnetis et aurea bullis
> Cingula, Tiburti Remulo ditissimus olim
> Quæ mittit dona, hospitio quum jungeret absens,
> Cædicus; ille suo moriens dat habere nepoti;
> Post mortem bello Rutuli prædaque potiti :
> Hæc rapit......
>
> (Virg., *Énéide*, IX, 358.)

— 2.   Τὼ δ' ἐπεὶ οὖν ὅπλοισιν ἔνι δεινοῖσιν ἐδύτην,
βάν ῥ' ἰέναι.....

Quand les deux guerriers se furent couverts de leurs armes re-doutables, ils se mirent en marche......

> Protinus armati incedunt; quos omnis euntes
> Primorum manus ad portas juvenumque senumque
> Prosequitur votis.....
>
> (Virg., *Énéide*, IX, 307.)

— 3. Τοῖσι δὲ δεξιὸν ἧκεν ἐρωδιὸν ἐγγὺς ὁδοῖο
Παλλὰς Ἀθηναίη.......

Minerve Pallas envoie à leur droite un héron au bord du chemin qu'ils suivent.

Ces vers d'Homère, où Minerve envoie un augure favorable à Diomède et à Ulysse marchant vers les tentes de Rhésus, rappellent l'apparition des colombes de Vénus, dont parle Virgile.

> Vix ea fatus erat, geminæ quum forte columbæ
> Ipsa sub ora viri cœlo venere volantes,

Et viridi sedere solo. Tum maximus heros
Maternas agnoscit aves, lætusque precatur.

(Virg., *Énéide*, VI, 190.)

Page 40 : 1. Βάν ῥ' ἴμεν, ὥστε λέοντε δύω, διὰ νύκτα μέλαιναν,
    ἂμ φόνον, ἂν νέκυας, διά τ' ἔντεα καὶ μέλαν αἷμα.

*Ils se mirent à marcher comme deux lions, dans l'obscurité de
la nuit, à travers la plaine couverte de carnage et de cadavres, au
milieu des armes et du sang noir.*

......................Inde, lupi ceu
Raptores, atra in nebula, quos improba ventris
Exegit cæcos rabies.....
...................Per tela, per hostes
Vadimus......

(Virg., *Énéide*, II, 355.)

Page 44 : 1. Ἴστω νῦν Ζεὺς αὐτός, ἐρίγδουπος πόσις Ἥρης,
    μὴ μὲν τοῖς ἵπποισιν ἀνὴρ ἐποχήσεται ἄλλος
    Τρώων.......

*J'en atteste Jupiter lui-même, l'époux de Junon, à la foudre
retentissante, jamais un autre Troyen ne sera porté par ces chevaux......*

Hector promet le char d'Achille aux vœux téméraires de Dolon,
comme Ascagne ajoute les chevaux de Turnus aux présents dont il a
déjà comblé Nisus.

Vidisti quo Turnus equo, quibus ibat in armis
Aureus : ipsum illum, clypeum cristasque rubentes
Excipiam sorti, jam nunc tua præmia, Nise.

(Virg., *Énéide*, IX, 268.)

Page 48 : 1. Γνῶ ῥ' ἄνδρας δηίους, λαιψηρὰ δὲ γούνατ' ἐνώμα
    φευγέμεναι.......

Il reconnut des ennemis et se mit à fuir d'une course rapide.....;

.........Sensit medios delapsus in hostes.
Obstupuit, retroque pedem cum voce repressit.

(Virg., *Énéide*, II, 377.)

Page 50 : 1. ....'Ο δ' ἄρ' ἔστη......

Dans Virgile, la frayeur astucieuse de Sinon offre quelque ressem-
blance avec l'épouvante de Dolon, arrêté par Diomède et Ulysse.

Namque ut conspectu in medio turbatus, inermis,
Constitit, atque oculis Phrygia agmina circumspexit.

(Virg., *Énéide*, II, 67.)

— 2. Τὸν δ' ἀπαμειβόμενος προσέφη......

L'interrogatoire qu'Ulysse fait subir à Dolon, rappelle les questions que Priam adresse à Sinon :

> Quisquis es, amissos hinc jam obliviscere Graios ;
> Noster eris ; mihique hæc edissere vera roganti :
> Quo molem hanc immanis equi statuere ? Quis auctor ?
> Quidve petunt ? Quæ relligio ? Aut quæ machina belli ?
> (Virg., *Énéide* II, 148.)

Page 52 : 1. Πολλῇσίν μ' ἄτῃσι παρὲκ νόον ἤγαγεν Ἕκτωρ,

C'est Hector qui, pour mon malheur, m'a séduit......
Ce passage peut s'expliquer de deux manières. Si l'on joint παρὲκ à νόον, au delà de la raison, il signifie : *Hector m'a, sans raison, plongé dans de nombreux malheurs.* Mais si, au contraire, d'après Kœppen et Heyne, on joint παρὲξ à ἤγαγεν, il veut dire : *Hector a égaré mon esprit pour me jeter dans de grands malheurs.*

—. 2. Ἦ ῥά νύ τοι μεγάλων δώρων.......

Dolon expie sous le fer de Diomède sa folle prétention aux coursiers d'Achille. Parmi les nombreuses victimes de Turnus, Virgile distingue le fils de ce guerrier troyen.

> Parte alia, media Eumedes in prælia fertur,
> Antiqui proles bello præclara Dolonis ;
> Nomine avum referens, animo manibusque parentem ,
> Qui quondam, castra ut Danaum speculator adiret,
> Ausus Pelidæ pretium sibi poscere currus :
> Illum Tydides alio pro talibus ausis
> Affecit pretio ; nec equis aspirat Achillis.
> (Virg., *Énéide*, XII, 346.)

Page 58 : 1. Λευκότεροι χιόνος, θείειν δὲ ἀνέμοισιν ὁμοῖοι.

Ils sont plus blancs que la neige, et volent rapides comme les vents.

> Qui candore nives anteirent, cursibus auras.
> (Virg., *Énéide*, XII, 84.)

Page 60 : 1. Φθεγγομένου δ' ἄρα τοῦγε κάρη κονίῃσιν ἐμίχθη.

Le malheureux parlait encore, quand sa tête va rouler dans la poussière.

> Tum caput orantis nequidquam, et multa parantis
> Dicere, deturbat terræ.....
> (Virg., *Énéide*, X, 554.)

— 2. Τοῦ δ' ἀπὸ μὲν κτιδέην κυνέην......

Ce trophée militaire, qu'Ulysse et Diomède érigent avec les armes de Dolon, est le plus ancien modèle. Ces détails se retrouvent en grande partie dans Virgile.

> Ingentem quercum, decisis undique ramis,
> Constituit tumulo, fulgentiaque induit arma,
> Mezenti ducis exuvias, tibi, magne, tropæum,
> Bellipotens; aptat rorantes sanguine cristas,
> Telaque trunca viri, et bis sex thoraca petitum
> Perfossumque locis; clypeumque ex ære sinistræ
> Subligat, atque ensem collo suspendit eburnum.
>
> (Virg., *Énéide,* XI, 5.)

Page 62 : 1. Αἶψα δ' ἐπὶ Θρηκῶν ἀνδρῶν τέλος ἷξον ἰόντες.
Οἱ δ' εὗδον καμάτῳ ἀδδηκότες, ἔντεα δέ σφι
καλὰ παρ' αὐτοῖσι χθονὶ κέκλιτο, εὖ κατὰ κόσμον,
τριστοιχί· παρὰ δέ σφιν ἑκάστῳ δίζυγες ἵπποι.

Les deux héros.... parviennent bientôt au quartier des Thraces. Ces guerriers dormaient, vaincus par la fatigue, et près d'eux, sur la terre, étaient leurs belles armes, disposées avec ordre sur trois rangs. Chacun avait près de lui ses deux coursiers.

> ....Noctisque per umbram
> Castra inimica petunt......
> ....Passim vino somnoque per herbam
> Corpora fusa vident; arrectos littore currus;
> Inter lora rotasque viros, simul arma jacere.
>
> (Virg., *Énéide,* IX, 313.)

— 2. Ἀλλ' ἄγε δή, πρόφερε κρατερὸν μένος.......

Allons, appelle à toi toute ta valeur !

Virgile a dit :

> ....Nunc illas promite vires.
>
> (*Énéide,* V, 191.)

Page 64 : 1. Ὡς δὲ λέων μήλοισιν ἀσημάντοισιν ἐπελθών,
αἴγεσιν ἢ ὀίεσσι, κακὰ φρονέων ἐνορούσῃ·
ὣς μὲν Θρήϊκας ἄνδρας ἐπῴχετο Τυδέος υἱός,
ὄφρα δυώδεκ' ἔπεφνεν.......

Tel un lion s'élance sur des troupeaux de chèvres ou de brebis mal gardées, pour assouvir sa rage cruelle: tel s'avançait au milieu des Thraces le fils de Tydée, qui immole jusqu'à douze guerriers.

> Impastus ceu plena leo per ovilia turbans
> (Suadet enim vesana fames), manditque trahitque

> Molle pecus mutumque metu ; fremit ore cruento.
> Nec minor Euryali cædes ; incensus et ipse
> Perfurit, ac multam in medio sine nomine plebem.....
>
> (VIRG., *Énéide*, IX, 338.)

Page 68 : 1. Οὐδ' ἀλαοσκοπίην εἶχ' ἀργυρότοξος......

Virgile a imité ce passage du dixième chant, où Homère peint le tumulte des Troyens, réveillés par Apollon après le départ des deux chefs.

> Victores præda Rutuli spoliisque potiti
> Volscentem exanimum flentes in castra ferebant.
> Nec minor in castris luctus Rhamnete reperto
> Exsangui, et primis una tot cæde peremptis,
> Sarranoque, Numaque : ingens concursus ad ipsa
> Corpora, seminecesque viros, tepidaque recentem
> Cæde locum, et pleno spumantes sanguine rivos.
> Agnoscunt spolia inter se, galeamque nitentem
> Messapi, et multo phaleras sudore receptas.
>
> (VIRG., *Énéide*, IX, 449.)

Page 70 : 1. Ἵππων μ' ὠκυπόδων ἀμφὶ κτύπος οὔατα βάλλει.

Un bruit de chevaux à la course rapide a frappé mon oreille.
Ce vers imitatif, exprimant le bruit des chevaux, se trouve dans Ennius et dans Virgile.

> It eques, et plausu cava concutit ungula terram.
>
> (*Ann.*, XVII.)

> Quadrupedante putrem sonitu quatit ungula campum.
>
> (*Énéide*, VIII, 596.)

LIBRAIRIE DE L. HACHETTE ET Cⁱᵉ,

BOULEVARD SAINT-GERMAIN, 77, A PARIS.

LES
AUTEURS LATINS
EXPLIQUES

D'APRÈS UNE MÉTHODE NOUVELLE PAR DEUX TRADUCTIONS FRANÇAISÉS,

'une littérale et *juxtalinéaire*, présentant le mot à mot français en regard des mots latins correspondants ; l'autre correcte et précédée du texte latin ; avec des Sommaires et des Notes en français, par une Société de Professeurs et de Latinistes. Format in-12.

ette collection comprendra les principaux auteurs qu'on explique dans les classes

EN VENTE :

	fr.	»
ÉSAR : *Guerre des Gaules*, par M. Sommer. 2 volumes	9	»
Livres I, II, III et IV. 1 volume	4	»
Livres V, VI et VII. 1 volume	5	
ICÉRON : *Catilinaires* (les quatre), par M. J. Thibault	2	
La première Catilinaire, séparément	»	50
- *Dialogue sur l'Amitié*, par M. Legouez, p ofesseur au lycée Bonaparte	1	25
- *Dialogue sur la Vieillesse*, par MM. Paret et Legouëz	1	25
- *Discours contre Verrès sur les Statues*, par M. J. Thibault, de l'ancienne École normale	3	
- *Discours contre Verrès sur les Supplices*, par M. O. Dupont	3	»
- *Discours pour la loi Manilia*, par M. Lesage	1	50
- *Discours pour Ligarius*, par M. Materne	»	75
- *Discours pour Marcellus*, par le même	»	75
- *Plaidoyer pour le poëte Archias*, par M. Chansselle	»	90
- *Plaidoyer pour Milon*, par M. Sommer, agrégé des classes supérieures	1	50
- *Plaidoyer pour Murena*, par M. J. Thibault	2	50
- *Songe de Scipion*, par M. Ch. Pottin	»	50
ORNELIUS NEPOS : *Vies des grands Capitaines*, par M. Sommer	»	
ORACE : *Art poétique*, par M. Taillefert, proviseur du lycée d'Orléans	»	75
- *Epîtres*, par le même auteur	2	»
- *Odes et Épodes*, par MM. Sommer et A. Desportes. 2 vol.	4	50
Le 1ᵉʳ et le 2ᵉ livre des *Odes*, séparément. 1 vol. 2 fr. » c.		
Le 3ᵉ et le 4ᵉ livre des *Odes* et les *Épodes*, séparément. 2 fr. 50 c.		
- *Satires*, par les mêmes auteurs	2	
HOMOND : *Epitome historiæ sacræ*	3	»
HÈDRE : *Fables*, par M. D. Marie, ancien élève de l'École normale	2	»
ALLUSTE : *Catilina*, par M. Croiset, professeur au lycée Saint-Louis	1	50
- *Jugurtha*, par le même	3	50
ACITE : *Annales*, par M. Materne, ' oseur du lycée Saint-Louis. 4 vol.	18	»
Livres I, II et III. 1 volume	6	»
Le 1ᵉʳ livre séparément	3	50
Livres IV, V et VI. 1 volume	4	»
Livres XI, XII et XIII. 1 volume	4	25
Livres XIV, XV et XVI. 1 volume	4	»
- *Germanie* (la), par M. Doneaud, licencié ès lettres	1	»
- *Vie d'Agricola*, par M. H. Nepveu	1	75

SUITE DES AUTEURS LATINS.

fr.

TÉRENCE : *Adelphes* (les), par M. Materne............................ 2
— *Andrienne* (l'), par le même.................................... 2 5
VIRGILE : *Eglogues* ou *Bucoliques*, par MM. Sommer et A. Desportes...... 1
La première Églogue, séparément........................... » 3
— *Énéide*, par les mêmes, 4 volumes............................. 16
Livres I, II et III, réunis. 1 volume.......................... 4
Livres IV, V et VI, réunis. 1 volume.......................... 4
Livres VII, VIII et IX, réunis. 1 volume....................... 4
Livres X, XI et XII, réunis. 1 volume......................... 4
Chaque livre séparément.................................. 1
— *Géorgiques* (les quatre livres), par les mêmes.................... 2
Chaque livre séparément................................. » 6

LES
AUTEURS GRECS
EXPLIQUÉS

D'APRÈS UNE MÉTHODE NOUVELLE PAR DEUX TRADUCTIONS FRANÇAISES,

L'une littérale et *juxtalinéaire*, présentant le mot à mot français en regard des mots grecs correspondants; l'autre correcte et précédée du texte grec; avec des Sommaires et des Notes en français; par une Société de Professeurs et d'Hellénistes. Format in-12.

Cette collection comprendra les principaux auteurs qu'on explique dans les classes

---

EN VENTE :

fr.

ARISTOPHANE : *Plutus*, par M. Cattant, professeur au lycée de Nancy... 2 2
BABRIUS : *Fables*, par MM. Théobald Fix et Sommer.................. 4
BASILE (SAINT) : *De la lecture des auteurs profanes*, par M. Sommer... 1 2
— *Observe-toi toi-même*, par le même............................ » 9
— *Contre les usuriers*, par le même............................. » 7
CHRYSOSTOME (S. JEAN) : *Homélie en faveur d'Eutrope*, par M. Sommer.. » 6
— *Homélie sur le retour de l'évêque Flavien*, par le même............ 1
DÉMOSTHÈNE : *Discours contre la loi de Leptine*, par M. Stiévenart.... 3 5
— *Discours pour Ctésiphon ou sur la Couronne*, par M. Sommer......... 3 5
— *Harangue sur les prévarications de l'Ambassade*, par M. Stiévenart.... 6
— *Olynthiennes* (les trois), par M. C. Leprévost.................... 1 5
Chaque Olynthienne séparément......................... » 5
— *Philippiques* (les quatre), par MM. Lemoine et Sommer.............. 2
Chaque Philippique séparément.......................... » 6
ESCHINE : *Discours contre Ctésiphon*, par M. Sommer................. 4
ESCHYLE : *Prométhée enchaîné*, par MM. Le Bas et Théobald Fix......... 2
— *Sept contre Thèbes* (les), par M. Materne, censeur du lycée Saint-Louis... 1 5
ÉSOPE : *Fables choisies*, par M. C. Leprévost..................... » 7
EURIPIDE : *Electre*, par M. Théobald Fix........................ 3
— *Hécube*, par M. C. Leprévost, professeur au lycée Bonaparte.......... 2
— *Hippolyte*, par M. Théobald Fix............................. 3 5
— *Iphigénie en Aulide*, par MM. Théobald Fix et Le Bas............... 3 2

SUITE DES AUTEURS GRECS.

	fr.	c.
GRÉGOIRE DE NAZIANZE (S.): *Éloge funèbre de Césaire*, par le même.	»	25
— *Homélie sur les Machabées*, par le même.................	»	25
GRÉGOIRE DE NYSSE (SAINT): *Contre les usuriers*, par M. Sommer...	»	75
— *Éloge funèbre de saint Mélèce*, par le même..............	»	75
HOMÈRE: *Iliade*, par M. C. Leprévost, prof. au lycée Bonaparte. 6 vol....	20	»
Chants I, II, III et IV réunis. 1 volume.................	3	50
Chants V, VI, VII et VIII réunis.................	3	50
Chants IX, X, XI et XII réunis. 1 volume..............	3	50
Chants XIII, XIV, XV et XVI réunis. 1 volume..........	3	50
Chants XVII, XVIII, XIX et XX réunis. 1 volume.........	3	50
Chants XXI, XXII, XXIII et XXIV réunis. 1 volume.....	3	50
Chaque chant séparément.................	1	»
Odyssée, par M. Sommer, agrégé des classes supérieures. 6 vol........	24	»
Chants I, II, III et IV réunis. 1 volume.................	4	»
Le premier chant, séparément.................	»	90
Chants V, VI, VII et VIII réunis. 1 volume.............	4	»
Chants IX, X, XI et XII réunis. 1 volume.............	4	»
Chants XIII, XIV, XV et XVI réunis. 1 volume...........	4	»
Chants XVII, XVIII, XIX et XX réunis. 1 volume.........	4	»
Chants XXI, XXII, XXIII et XXIV réunis. 1 volume........	4	»
ISOCRATE: *Archidamus*, par M. C. Leprévost..............	1	50
— *Conseils à Démonique*, par le même..............	»	75
— *Éloge d'Évagoras*, par M. Ed. Renouard, licencié ès lettres.............	1	»
LUCIEN: *Dialogues des morts*, par M. C. Leprévost..............	2	25
PÈRES GRECS (Choix de Discours tirés des), par M. Sommer..........	7	50
PINDARE: *Isthmiques* (les), par MM. Fix et Sommer..............	2	50
— *Néméennes* (les), par les mêmes..............	3	»
— *Olympiques* (les), par les mêmes..............	3	50
— *Pythiques* (les), par les mêmes..............	3	50
PLATON: *Alcibiade* (le premier), par M. C. Leprévost..............	2	50
— *Apologie de Socrate*, par M. Materne, censeur du lycée Saint-Louis.....	2	»
— *Criton*, par M. Waddington-Kastus, agrégé de philosophie.............	1	25
— *Phédon*, par M. Sommer..............	5	»
PLUTARQUE: *De la lecture des poètes*, par M. Ch. Aubert..............	3	»
— *Vie d'Alexandre*, par M. Bétolaud, professeur au lycée Charlemagne.....	3	»
— *Vie de César*, par M. Materne, censeur du lycée Saint-Louis..............	2	»
— *Vie de Cicéron*, par M. Sommer..............	3	50
— *Vie de Démosthène*, par le même..............	2	»
— *Vie de Marius*, par le même..............	3	»
— *Vie de Pompée*, par M. Druon, proviseur du lycée de Rennes.............	5	»
— *Vie de Solon*, par M. Sommer..............	3	»
— *Vie de Sylla*, par M. Sommer..............	3	50
SOPHOCLE: *Ajax*, par M. Benloew et M. Bellaguet, inspecteur d'Académie.	2	50
— *Antigone*, par les mêmes..............	2	25
— *Électre*, par les mêmes..............	3	»
— *OEdipe à Colone*, par les mêmes..............	2	»
— *OEdipe roi*, par MM. Sommer et Bellaguet..............	1	50
— *Philoctète*, par MM. Benloew et Bellaguet..............	2	50
— *Trachiniennes* (les), par les mêmes..............	2	50
THÉOCRITE: *OEuvres complètes*, par M. Léon Renier..............	7	50
La première Idylle, séparément, par M. C. Leprévost..............	»	45
THUCYDIDE: *Guerre du Péloponèse*, livre deuxième; par M. Sommer....	5	»
XÉNOPHON: *Apologie de Socrate*, par M. C. Leprévost..............	»	60
— *Cyropédie*, livre premier; par M. le docteur Lehrs..............	1	25
livre second; par M. Sommer..............	2	»
— *Entretiens mémorables de Socrate* (les quatre livres), par le même......	7	50
Chaque livre séparément..............	2	»

LES AUTEURS ANGLAIS

LES AUTEURS ALLEMANDS

LES AUTEURS ARABES

Paris. — Imprimerie de Ch. Lahure et Cie, rue de Fleurus, 9.

LIBRAIRIE DE L. HACHETTE ET Cie.

TRADUCTIONS JUXTALINÉAIRES

DES

PRINCIPAUX AUTEURS CLASSIQUES GRECS,

FORMAT IN-12.

Cette collection comprendra les principaux auteurs qu'on explique dans les classes.

EN VENTE :

ARISTOPHANE: Plutus.. 2 fr. 25 c.
BABRIUS : Fables........... 4 fr.
BASILE (Saint) : De la lecture des
auteurs profanes ...... 1 fr. 25 c.
— Contre les usuriers.......... 75 c.
— Observe-toi toi-même.. ... 90 c.
CHRYSOSTOME (S. JEAN) : Homé-
lie en faveur d'Eutrope..... 60 c.
— Homélie sur le retour de l'évêque
Flavien. .... 1 fr.
DÉMOSTHÈNE : Discours contre la
loi de Leptine........ 3 fr. 50 c.
— Discours pour Ctésiphon ou sur la
Couronne............. 3 fr. 50 c
— Harangue sur les prévarications
de l'ambassade....... 6 fr.
— Les trois Olynthiennes.. 1 fr. 50 c.
— Les quatre Philippiques.... 2 fr.
ESCHINE : Discours contre Ctésiphon.
Prix. .... 4 fr.
ESCHYLE : Prométhée enchaîné. 2 fr.
— Les Sept contre Thèbes. 1 fr. 50 c.
ÉSOPE : Fables choisies..... 75 c.
EURIPIDE : Électre.......... 3 fr.
— Hécube............. 2 fr.
— Hippolyte........... 3 fr. 50 c.
— Iphigénie en Aulide... 3 fr 25 c.
GRÉGOIRE DE NAZIANZE (Saint):
Éloge funèbre de Césaire. 1 fr. 25 c.
— Homélie sur les Machabées.. 90 c.
GRÉGOIRE DE NYSSE (Saint) :
Contre les usuriers........ 75 c.
— Éloge funèbre de saint Mélèce. 75 c.
HOMÈRE: Iliade, 6 volumes . 20 fr.
Chants I à IV. 1 vol..... 3 fr 50 c.
Chants V à VIII. 1 vol... 3 fr. 50 c.
Chants IX à XII. 1 vol.... 3 fr. 50 c.
Chants XIII à XVI. 1 vol.. 3 fr. 50 c.
Chants XVII à XX 1 vol . 3 fr. 50 c.
Chants XXI à XXIV. 1 vol. 3 fr. 50 c.
Chaque chant séparément.. 1 fr.
— Odyssée. 6 vol........ 24 fr.
Chants I à IV 1 vol......... 4 fr.
Le 1er chant séparément... 90 c.
Chants V à VIII. 1 vol....... 4 fr.

Chants IX à XII. 1 vol...... 4 fr.
Chants XIII à XVI 1 vol ..... 4 fr.
Chants XVII à XX, 1 vol..... 4 fr.
Chants XXI à XXIV. 1 vol... 4 fr.
ISOCRATE : Archidamus. 1 fr. 50 c.
— Conseils à Démonique...... 75 c.
— Éloge d'Evagoras.......... 1 fr.
LUCIEN : Dialogues des morts. 2 fr. 25
PÈRES GRECS (Choix de discours).
Prix.............. 7 fr. 50 c.
PINDARE : Isthmiques (les). 2 fr 50
— Néméennes (les)............ 3 fr.
— Olympiques (les)...... 3 fr. 50 c.
— Pythiques (les)....... 3 fr. 50 c.
PLATON : Alcibiade (le prem.) 2 fr. 50
— Apologie de Socrate......... 2 fr.
— Criton.............. 1 fr. 25 c.
— Phédon.............. 5 fr.
PLUTARQUE : Lecture des poètes.
Prix.............. 3 fr.
— Vie d'Alexandre........... 3 fr.
— Vie de César............ 2 fr.
— Vie de Cicéron.......... 3 fr.
— Vie de Démosthène .... 2 fr. 50 c.
— Vie de Marius............. 3 fr.
— Vie de Pompée......... 5 fr.
— Vie de Solon............. 3 fr.
— Vie de Sylla.......... 3 fr. 50 c.
SOPHOCLE : Ajax..... 2 fr. 50 c.
— Antigone........... 2 fr. 25 c.
— Électre............ 3 fr.
— OEdipe à Colone........ 2 fr.
— OEdipe roi........ 1 fr. 50 c.
— Philoctète......... 2 fr. 50 c.
— Trachiniennes (les)... 2 fr. 50 c.
THÉOCRITE : OEuvres compl. 7 fr. 50
— La première Idylle........ 45 c.
THUCYDIDE : Guerre du Péloponèse,
livre II.......... 5 fr.
XÉNOPHON : Apologie de Socrate. 50 c.
— Cyropédie, livre I...... 1 fr. 25 c.
— Cyropédie, livre II......... 2 fr.
— Entretiens mémorables de Socrate
(les quatre livres)...... 7 fr. 50 c.
Chaque livre séparément... 2 fr.

A LA MÊME LIBRAIRIE : Traductions juxtalinéaires des principaux
auteurs latins qu'on explique dans les classes.

Imprimerie de Ch. Lahure et Cie, rue de Fleurus, 9.